Fout

Fout

Mel Wallis de Vries

the house of books

Copyright tekst © 2008 Mel Wallis de Vries
Copyright © 2008 The House of Books, Vianen/Antwerpen

Vormgeving omslag
marliesvisser.nl
Foto omslag
marliesvisser.nl
Foto auteur
Mariska Budding
Zetwerk
ZetSpiegel, Best

ISBN 978 90 443 3709 9
NUR 284/285
D/2012/8899/84

www.melwallisdevries.nl
www.thehouseofbooks.com

Alle rechten voorbehouden. Niets uit deze uitgave mag worden vermenigvuldigd en/of openbaar gemaakt door middel van druk, fotokopie, microfilm of op welke andere wijze ook, zonder voorafgaande schriftelijke toestemming van de uitgever.

Voorwoord

Stapels spannende boeken heb ik gelezen. Op vakantie, op school stiekem onder de les, na school, in bed; ik kon er geen genoeg van krijgen. Meestal had ik zo'n boek in een dag uit. Dit tot grote wanhoop van mijn moeder, die op vakantie echt koffers vol met boeken moest meezeulen om aan mijn leeshonger te voldoen.
Op een dag had ik (bijna) alle spannende boeken gelezen die er waren. Er waren geen moorden meer die me verrasten en vaak wist ik al wie de dader was voordat ik halverwege het boek was. Je zou kunnen zeggen dat ik in een zwart gat viel. Ik heb romans geprobeerd te lezen (saai!), chicklits (waarom gaat er nooit iemand dood in dit soort boeken?), gedichtenbundels (gaap). Maar niks kon tippen aan spannende boeken.
En nu? dacht ik. Toen is er heel langzaam in mijn hoofd het idee ontstaan om zelf thrillers te gaan schrijven. Het heeft alleen nog jaren geduurd voordat ik de stap echt durfde te zetten. Maar wat was ik trots toen mijn eerste boek, *Uitgespeeld*, uitkwam.
Ik ben nu zeven boeken verder, een paar nominaties en prijzen rijker, en mijn boeken worden ook in het buitenland vertaald. Maar nog altijd heb ik het idee dat ik niet 'klaar' ben met spannende boeken maken. Zolang jullie

het nog leuk vinden om mijn boeken te lezen, blijf ik schrijven! Want ik wil natuurlijk niet dat jullie in het zwarte gat vallen waarin ik vroeger zelf ben gevallen ☺.

Heel veel plezier met lezen!
Liefs, Mel

De nacht van zaterdag op zondag, 4.15 uur

Tevreden kijk ik neer op Sophia's vastgebonden lichaam. Als een lappenpop hangt ze tegen de boom. Er is niks meer over van het meisje dat zich vannacht zo zelfverzekerd en arrogant gedroeg. Haar blonde haar hangt in slierten langs haar gezicht en er zitten takjes en stukjes mos in. Over haar wangen lopen zwarte mascaravegen en geronnen bloedsporen. Weg zijn de lange, donkere wimpers en zorgvuldig opgebrachte blosjes op haar wangen.
Ik stel me voor hoe ze straks bijkomt. Wat zal ze bang zijn. Haar mond zal zenuwachtig tot een streep vertrekken, wanhopig roepend om hulp. Maar niemand kan haar hier horen. Zal ze er iets van begrijpen? Het ging vannacht zo snel, zo makkelijk, zo geruisloos. Dat heb ik toch maar mooi gedaan.
Normaal gesproken handel ik niet zo impulsief. Maar Sophia zette me vannacht zo voor schut dat ik wel iets móést doen. Het werd gewoon zwart voor mijn ogen. Ik kon haar niet haar gang laten gaan, dan zou ze alles verpesten. Ik heb mijn jas gepakt en ben naar buiten gegaan. Met mijn scooter ben ik het terrein afgelopen. Veel bezoekers van de club zetten hun fiets of scooter in het parkje aan de overkant van de straat. Ik begrijp niet waarom de club aan de rand van de stad is neergezet. Het is een deprimerende, afgelegen plek. Maar de verlatenheid werkte nu in mijn voordeel.

In de donkere schaduw van een boom vond ik een goede schuilplek. Ik zei tegen mezelf: als haar fiets in dit parkje staat én ze komt langs deze boom, dan doe ik het. Anders niet, dan ga ik naar huis. Ik stak een sigaret op en wachtte. Soms kwam er iemand voorbij, maar niemand besteedde aandacht aan me. De minuten verstreken, werden een kwartier, een halfuur, een uur. Ik wilde het bijna opgeven.

Maar toen kwam Sophia opeens naar buiten. Alleen. Ze stak de weg over naar het parkje. Ik hoorde haar hakken op het asfalt klikken. Mijn keel werd droog en mijn hartslag versnelde. Ze liep bijna recht op me af, naar een fiets die een paar meter verder tegen een bankje stond. Wat een geluk! Sophia boog zich nietsvermoedend over haar fiets en ik hoorde haar de sleutel in het slot steken.

Ik moest het nu doen, niet meer twijfelen. Voorzichtig kwam ik uit de schaduw van mijn boom en ik sloop naar haar toe. Ik merkte hoe de spanning bezit had genomen van mijn lichaam: al mijn spieren waren strak gespannen. Toen ik achter haar stond, haalde ik uit met een grote tak die ik onder de boom had gevonden. Het was een opluchting om het hout op haar hoofd te horen neerkomen. Ik sloeg nog een keer. En nog een keer. Het was genoeg. Ze viel buiten bewustzijn neer. Op haar voorhoofd zat een wond waaruit bloed stroomde. Het was een prachtig gezicht om haar zo te zien liggen. Toch kon ik mezelf niet toestaan om lang te genieten. Stel je voor dat er opeens iemand langs zou komen!

Ik keek links, rechts, achterom, maar we waren nog steeds alleen. Vlug sleepte ik Sophia naar mijn scooter. Ze was zwaar. Veel zwaarder dan ik had verwacht voor zo'n tenger poppetje. Nu kwam het moeilijkste gedeelte. Ze moest achter op mijn scooter zitten. Ik sloeg haar arm om mijn nek en trok haar omhoog. Met alle kracht die ik had, zette ik haar op mijn zadel.

Godzijdank bleef mijn scooter stevig op zijn standaard staan. Ik ging voor Sophia zitten en gebruikte mijn wollen sjaal om haar stevig aan mijn middel vast te binden. Sophia bewoog niet. Haar hoofd hing op mijn schouder en haar ogen waren gesloten. Het leek net of ze sliep. Of stomdronken was. Hopelijk zouden eventuele voorbijgangers dat ook denken.

In de verte hoorde ik stemmen naderen. Het was tijd om ervandoor te gaan. Ik startte mijn scooter en reed weg, het parkje uit, richting het noordwesten. We hadden nog een flinke rit voor de boeg. Ik wilde naar 't Twiske, een recreatiegebied net buiten de ring van Amsterdam. In de winter komt daar echt geen hond. Ik dwong mezelf me op mijn taak te concentreren. Rustig rijden, goed richting aangeven, stoppen voor rood. Gelukkig was er bijna geen verkeer. Af en toe wierp ik een blik over mijn schouder op Sophia. Ze mocht niet bij bewustzijn komen, anders had ik een groot probleem. Maar ik had haar flink toegetakeld en haar ogen bleven gesloten.

Het lukte me om onopgemerkt 't Twiske te bereiken. Na lang zoeken vond ik de perfecte plek: een verwilderd stukje land waar in de zomer paarden grazen. Je kon het weiland alleen via een verscholen, modderig wandelpaadje bereiken. Aan het onkruid te zien had er al heel lang niemand gelopen. Ik kreeg het voor elkaar om mijn scooter door de modder te sturen, naar de waterkant, waar bomen stonden. Ik maakte de sjaal los en liet Sophia van het zadel zakken. Het duurde even, maar het lukte me om haar met haar rug tegen een boom te zetten. Mijn hersenen zochten koortsachtig naar iets om haar stevig vast te binden. Opeens wist ik het: in de bagageruimte onder mijn zadel lag nog een stuk touw dat ik ooit had gebruikt om wat spullen te vervoeren.

Ik pakte het touw en knielde op de drassige grond. Eerst trok ik Sophia's armen achterlangs om de boomstam. Daarna draai-

de ik het touw zo strak mogelijk rond haar polsen. Met een paar knopen maakte ik de uiteinden aan elkaar vast. Er was geen millimeter beweging meer in te krijgen.
Ik ben opgestaan en heb een sigaret gerookt. Moe, tevreden en voldaan.

Maar nu moet ik gaan. Over een paar uur wordt het licht. En ik moet mijn voorbereidingen nog treffen. Snel krabbel ik een paar woorden op een lege envelop die ik in mijn jaszak vind. Ik leg de envelop voor haar voeten neer. Vanavond zijn alle problemen voorbij. Wat een heerlijk vooruitzicht.

Zondagochtend, 7.30 uur

Ik droom over een strand. Ik lig op mijn rug in het warme, witte zand en staar naar de blauwe hemel. Ergens achter me hoor ik geritsel. En ik ruik een vage lucht van rottende bladeren. Maar daar wil ik niet aan denken. Ik wil genieten van mijn strand. Van de warmte. En de zon. Het lijkt wel alsof ik besef dat dit geluk niet lang kan duren. Na een tijdje wordt het kouder. Ik huiver en ga rechtop zitten. Vanuit zee komen zwarte, donkere wolken aandrijven. Onnatuurlijk snel. De wolken schuiven voor de zon. Binnen een paar minuten is al het blauw verdwenen. En dan wordt het plotseling pikdonker. Ik ben bang en durf me niet te bewegen. Het duister om me heen is te zwart, te onheilspellend.

Er komt iemand naar me toe. Ik hoor een zware ademhaling. En voetstappen. Deze persoon heeft niet veel goeds in de zin. Ik voel het, ook al kan ik hem niet zien. De voetstappen stoppen vlak naast me. Ik wil 'ga weg' roepen, maar er komt geen geluid uit mijn mond. Dan hoor ik een doffe klap. Mijn hoofd doet ineens vreselijk veel pijn en er stroomt iets warms langs mijn wangen. Ik probeer me te verstoppen voor de pijn. Het lukt niet. Lichtflitsen schieten langs mijn ogen. Golven van misselijkheid komen vanuit mijn maag omhoog. Godzijdank zak ik dan weg. Ik voel niks meer. Ik weet niks meer.

Minuten of misschien zelfs wel uren later kom ik weer bij. Ik heb het ijskoud. En de felle pijnsteken in mijn hoofd zijn vervangen door een bonkende, zeurende pijn. Toch voelt alles anders dan daarstraks. Echter. Aanweziger. Ik heb het idee dat ik nog maar een klein stukje verwijderd ben van wakker worden. Maar daarvoor moet ik eerst het donker laten verdwijnen. Vreemd genoeg ben ik bang voor alles wat zich achter het donker bevindt. Maar ik wil ook niet langer in dit niemandsland blijven.

Ik verzamel al mijn moed en open mijn ogen. Het blijft zwart. Het duurt even voordat ik doorheb dat er iets plakkerigs tussen mijn wimpers kleeft. Met mijn handen wil ik mijn ogen schoonvegen. In gedachten wrijf ik al in mijn ogen. Maar ik kan mijn armen niet bewegen! Sterker nog, ik voel mijn armen nauwelijks meer. Ik probeer met mijn vingers te wiebelen. Dat kan ik gelukkig.

Toch klopt er iets niet. Langzaam dringt het tot me door. Ik lig niet, maar ik zit rechtop, met mijn rug tegen iets hards. En mijn handen bevinden zich op een bizarre plek: achter mijn rug. Zou ik in deze houding geslapen hebben? Ik geef een ruk aan mijn armen. Een scherpe pijnsteek trekt door mijn schouder en er snijdt iets in mijn polsen. Hoe kan dit? Ik waag nog een poging. Weer die pijn in mijn polsen. Iets houdt mijn handen tegen! Ben ik soms vastgebonden? Maar dat is onmogelijk. Droom ik nog? God, alsjeblieft, laat dat zo zijn. Ik schud een paar keer hard met mijn hoofd om wakker te worden uit deze nachtmerrie. Maar alles blijft hetzelfde: de kou, het donker, de pijn, mijn vastgebonden handen.

Er rolt iets nats langs mijn neus. Een traan. En nog een. Het wordt een klein riviertje over mijn wangen. Opeens schieten mijn wimpers los. Ik zie weer wat! Eerst nog heel mistig en wazig. Dan steeds scherper. Ik ontdek bomen. De bomen staan op een grasveldje. En het grasveldje grenst aan een meer. Even denk ik dat ik hallucineer. Ik knipper een paar keer met mijn ogen. Het beeld verdwijnt niet. Dit is echt de werkelijkheid!
Ik begin over mijn hele lichaam te beven. En ik kan nauwelijks meer ademhalen. Wat doe ik hier? Wat is er in godsnaam gebeurd? Haalt iemand een grap met me uit? Maar het voelt niet als een grap. Het voelt alsof er iets heel ergs aan de hand is. Van heel diep komt de gedachte: ben ik soms ontvoerd? Een moment kan ik niks meer. Maar dan opent mijn mond zich. En ik gil. Ik gil met alle angst die ik in me heb. Ik gil tot er geen lucht meer in mijn longen zit.
Misselijk en duizelig laat ik mijn hoofd hangen. Ik moet kalmeren. En nadenken. Voor alles is een logische verklaring. Wat weet ik? Eén afschuwelijk moment kan ik me helemaal niets meer herinneren: niet mijn naam, niet mijn leeftijd, niet mijn adres. Mijn geheugen is een groot, zwart gat. Maar dan komt er weer wat boven. Ik ben Sophia Faber, zestien jaar oud, en ik woon in Amsterdam. Voorzichtig zoek ik verder in mijn geheugen. Wat weet ik nog meer?
Ik weet dat ik vrijdag tot twee uur les had. En dat ik 's avonds met mijn vriendinnen Lizzy en Tessel naar de film ben gegaan. Een of andere romantische komedie met Ashton Kutcher, ik ben de naam vergeten, maar dat doet er nu niet toe. Van zaterdag herinner ik me ook dingen. Een hockeywedstrijd tegen Bloemendaal die we

hebben gewonnen. En een sms van Damian. Met duizend kusjes. Ik voel mijn lip trillen. Ik mag niet huilen. Ik moet me concentreren.
Zaterdagmiddag heb ik wat gemsn'd. En een tosti gegeten. Maar daarna wordt het blanco. Ik herinner me niks meer vanaf een uur of vier. Is het nu dan zondag? Of zit ik misschien al veel langer vast aan deze boom? Een paar dagen of zo. O help, ik weet het gewoon niet. Het is in elk geval ochtend, want het wordt steeds lichter. En februari, dat moet wel – tenminste, er kan toch niet meer dan een week uit mijn leven verdwenen zijn? Ik klamp me als een drenkeling vast aan dit soort feitjes.
Ik probeer van houding te veranderen. Maar ik kan me bijna niet bewegen. Mijn spieren zijn stijf en mijn tenen gevoelloos van de kou. Ik zie nu pas dat ik een kort, paars jurkje aanheb. Mijn favoriete uitgaansoutfit. Dat is een belangrijke aanwijzing! Blijkbaar ben ik ergens wat gaan drinken voordat ik hier terechtkwam. Heeft iemand wat in mijn drankje gedaan? Ben ik lastiggevallen door een enge man? Mijn geheugen laat me nog steeds volledig in de steek. Ik staar naar mijn voeten. Laarzen met hoge hakken, onder de modder. En opeens zie ik het: een envelop. Hij ligt naast mijn rechtervoet, tussen de bladeren. En er staat iets op geschreven! Ik rek mijn nek uit om de woorden te lezen.

Dit is je verdiende loon, trut. Vanavond ben je dood.

Tussen mijn benen wordt het warm en nat. Ik plas in mijn broek, maar het kan me niet schelen. Niks kan me meer iets schelen. Behalve de vier woorden op het papier voor me. *Vanavond ben je dood.* Ik kan niet geloven dat dit echt gebeurt. Ik ben ontvoerd. Ik ga dood. Plotseling begin ik te huilen. Ik kan niet meer stoppen. Mijn hele lichaam schokt van de snikken. Waarom ik? Hoe gaat hij me vermoorden? Met een mes, een pistool, zijn blote handen? Zou het pijn doen? Nee! Zo mag ik niet denken. Ik moet dit overleven. Het mag hier niet ophouden. Ik moet aan iets anders denken. Het maakt niet uit wat. En opeens is Damian in mijn gedachten.

Vrijdagavond, vier weken geleden

Lizzy stootte me aan. 'Die jongen achter je, met dat zwarte T-shirt, gluurt de hele tijd naar je.'
'Mmm,' mompelde ik. 'Boeiend. Laat hem maar gluren. Ik heb er geen last van.'
'O, Soof, doe nou niet alsof je die aandacht niet leuk vindt. Het is echt een lekker ding,' zei Lizzy. 'Kijk even. Je krijgt er geen spijt van.'
Ik nam een flinke slok van mijn Passoa-jus. 'Ja, ja, dat zal wel.'
Tessel zuchtte diep. 'Liz heeft gelijk. Kijk toch, in godsnaam. Anders gooi ik me hysterisch in zijn armen.' Ze rolde overdreven met haar ogen.
Ik moest glimlachen om de gespeelde wanhoop van mijn vriendin. 'Vooruit dan. Maar ik doe het alleen om van jullie gezeur af te zijn.' Ik wierp een blik over mijn schouder en zag hem meteen. Hij was zo iemand die je niet over het hoofd kon zien. Lang, knap, donker haar. Precies mijn type. Hij leunde nonchalant tegen de muur en praatte met twee andere jongens.
'En?' vroeg Lizzy. 'Wat vind je van hem?'
'Ach, niet onaardig.' Ik probeerde ongeïnteresseerd te kijken.
'Wááát? Niet onaardig?' riep Tessel. 'Je liegt dat je barst.

Hij is geweldig, fantastisch, woest aantrekkelijk. Of je bent stekeblind.'
'Oké, dan,' gaf ik me lachend gewonnen. 'Hij ziet er inderdaad best leuk uit. Kunnen we er nu over ophouden?'
'Misschien.' Lizzy keek me met een peinzende blik aan. 'Weet je, ik krijg opeens een ingeving.'
'Vertel,' zuchtte ik. 'Ik hou mijn hart vast.'
Lizzy negeerde mijn opmerking en praatte op een zachte toon verder. 'Wanneer heb je voor het laatst gezoend? Was dat niet een halfjaar geleden? Met Mark?'
'Wat heeft Mark hiermee te maken?' sputterde ik. Mark was de laatste persoon op aarde over wie ik nu wilde praten.
'O, niks,' zei Lizzy luchtig. 'Maar sinds dat hele gedoe met Mark ben je volgens mij allergisch geworden voor jongens.'
'Doe niet zo idioot. Ik heb al weken niet meer aan Mark gedacht,' loog ik.
'Uhuh, geloof je het zelf?' Lizzy ging rechtop zitten. 'Ik wed om drie Passoa-jus dat jij niet op die jongen met het zwarte T-shirt durft af te stappen. Nou, wat zeg je ervan?'
Tessels mond viel open. 'Jaaaaa,' gilde ze. 'Wat een geweldige weddenschap. Kom op, Soof, doe het. Dat is echt lachen.'
Ik kreunde en kreeg opeens zo'n eigenaardig voorgevoel dat het beter zou zijn om nu naar huis te gaan en dit idiote idee te negeren.
'Sophia durft niet,' zei Lizzy tegen Tessel terwijl ze me uitdagend aankeek.
'O, denk je dat?' hoorde ik mezelf antwoorden. 'Natuurlijk durf ik wel.' Ik kon mijn tong wel afbijten.

'Dus je gaat het doen? Fantastisch!' joelde Tessel.
Ik stond op van mijn barkruk. Alles draaide een beetje. Ik merkte nu pas dat ik wat te veel had gedronken. 'Ben zo terug,' mompelde ik. 'Zet die drie Passoa-jus maar vast klaar.'
'Eerst zien, dan geloven,' antwoordde Lizzy grijnzend. 'Toitoitoi. Maak hem maar gek.'
Met moeite wurmde ik me tussen de mensen door. Het leek wel alsof heel Amsterdam vanavond naar deze disco aan het Leidseplein was gekomen. Ik keek nog even achterom. Lizzy en Tessel hingen slap van de lach over de bar. Ik maakte met opzet een omweg langs de wc's, zodat ik recht voor hem uitkwam.
Toen ik nog maar een meter van hem was verwijderd, draaide hij zich plotseling om. Van dichtbij was hij helemaal adembenemend. Zijn haar was bijna zwart. Op zijn kaken zat een donkere waas van baardstoppels. Hij keek me een beetje spottend aan met zijn bruine ogen.
'Hallo,' zei hij. 'Ik ben Damian.' Zelfs zijn naam klonk sexy en geweldig.
'O, eh, hoi, Sophia.'
'Vertel, Sophia, wat brengt je hier, ver weg van je vriendinnen?'
Voor het eerst in mijn leven had ik geen antwoord klaar. Wanhopig zocht ik naar iets wat ik zou kunnen zeggen. 'Eh,' bracht ik uit. 'Weet je hoe laat het is?'
Rond Damians lippen verscheen een glimlachje. 'Het is kwart over één. Kun je zelf niet op je horloge kijken?' Hij wees naar mijn pols.
Ik werd knalrood, ik kon er niets aan doen. 'Jawel,' zei ik, want iets anders kwam niet in me op. 'Maar ik ben mijn leesbril vergeten.'

Er viel een stilte, en opeens begon Damian te lachen. 'Die opmerking had ik niet verwacht,' zei hij. 'Touché. Wat wil je drinken? Ik trakteer.'
Opgelucht haalde ik adem. 'Een Passoa-jus.'
'Komt eraan.' Damian wees naar twee jongens. 'Dit zijn mijn vrienden, Luuk en Bastiaan.'
Luuk en Bastiaan groetten me vriendelijk.
'Passen jullie even op Sophia?'
'Voor een biertje altijd,' antwoordde de jongen die Luuk heette.
'Vooruit dan maar,' zei Damian grijnzend.

Toen Damian na een paar minuten terugkwam met de drankjes, ging hij naast me staan. Onze armen raakten elkaar heel subtiel aan.
'Cheers,' zei hij. 'Op ons.'
Ik verdronk bijna in zijn bruine ogen en voelde het bloed weer naar mijn wangen stijgen. 'Op ons,' antwoordde ik zo nonchalant mogelijk.
'Waarom ben ik je eigenlijk nooit eerder tegengekomen?' vroeg hij. 'Op welke school zit je?'
We kwamen erachter dat we op verschillende scholen zaten: hij zat in de eindexamenklas van het Barlaeus Gymnasium en ik in vier havo van het Berlage Lyceum. We praatten verder over van alles en nog wat. Het gesprek liep eigenlijk vanzelf. Ik ging Damian steeds leuker vinden. En ik vond het dan ook helemaal niet erg toen Luuk en Bastiaan kwamen zeggen dat ze weggingen.
Een paar drankjes later lag Damians arm losjes om mijn middel. Plotseling vroeg hij of ik een luchtje wilde scheppen.

Mijn hart miste een slag. 'Eh... goed idee, het is hier binnen inderdaad wat warm.'
Terwijl we naar de uitgang liepen, gebaarde ik zo onopvallend mogelijk naar Lizzy en Tessel dat ik naar buiten ging. Gelukkig zagen ze het. Ze grijnsden en staken hun duim omhoog.
Damian en ik gingen op een bankje aan de gracht zitten. Hij bood me een sigaret aan.
'Lekker,' zei ik, en ik inhaleerde diep.
We rookten een poosje zwijgend. Damian sloeg een arm om mijn schouders en draaide een streng van mijn haar om zijn vinger. 'Heb je echt krullen en blond haar? Of is het nep?'
'Het is echt,' antwoordde ik. 'Vind je het mooi?'
'Ik vind het waanzinnig mooi. En sexy. Ik kan de hele avond mijn ogen al niet van je afhouden.'
Mijn mond werd droog. Ik was blij dat hij niks meer vroeg, want ik wist zeker dat ik geen zinnig woord meer kon uitbrengen. Plotseling trok Damian me met beide armen naar zich toe. Ik was bang dat ik ging flauwvallen. Zijn gezicht was zo dichtbij. Ging hij me kussen? Ik zag zijn lippen nog dichterbij komen. Toen sloot ik mijn ogen. Zijn zoen was lang en intens. Ik kon nog maar aan één ding denken: dit is hem! Ik ben verliefd!

Zondagochtend, 8.45 uur

Het is nog maar vier weken geleden, maar die avond met Damian lijkt eindeloos ver weg. Toen leek alles nog zo mooi. Er valt iets nats op mijn wang. Ik kijk omhoog. De hemel is dreigend en loodgrijs en het begint opeens te waaien. Ik voel nog een regendruppel op mijn voorhoofd en één op mijn neus neerkomen. En dan kan ik de regendruppels niet meer tellen: een ijskoud regengordijn striemt mijn gezicht. Binnen een paar seconden ben ik doorweekt. Mijn dunne panty kleeft aan mijn benen en er hangen natte slierten haar voor mijn ogen. Godzijdank heeft die engerd mijn winterjas niet uitgetrokken. Het dikke donsjack biedt nog enige bescherming.
Ik probeer me zo klein mogelijk te maken door mijn knieën op te trekken. Mijn spieren trillen van de kou. Ik voel me net een hond die tijdens de vakantie is gedumpt in het bos. Weerloos vastgebonden aan een boom, wachtend op het einde. Een snik welt op in mijn keel. Ik bijt hard op mijn lip om de tranen tegen te houden. Ik mag niet meer huilen. Ik moet rustig blijven. Ik wil hier niet doodgaan. Waarmee zou ik mezelf kunnen bevrijden? Of kunnen verdedigen tegen mijn ontvoerder?
Koortsachtig kijk ik om me heen. De grond is bezaaid met natte, rottende bladeren. Waardeloos. Iets verderop

ligt een vies, verroest colablikje van zeker een paar maanden oud. Blijkbaar wandelen hier in de zomer weleens mensen. Dat is een goed teken. Wie weet heb ik geluk en komt er straks iemand langs. God, alsjeblieft, laat dat zo zijn! Niet aan denken, Sophia, dat heeft geen zin. Concentreer je op de dingen die je kunt beïnvloeden. Dan zie ik de tak. Groot, stevig, met een scherpe punt. Daarmee kan ik hem slaan. Of steken. Maar dan heb ik wel mijn handen nodig. En hoe krijg ik die los? Dat komt later wel, besluit ik. Eerst die tak te pakken zien te krijgen.
Ik strek mijn rechterbeen zo ver mogelijk uit. Het is bijna gevoelloos geworden van de kou. De punt van mijn laars komt een paar centimeter voor de tak tot stilstand. Ik schuifel met mijn billen naar voren. Het touw snijdt in mijn polsen en ik voel een scherpe pijn in mijn schouders. Ik win hooguit een paar millimeter. Dit gaat niet lukken. Gefrustreerd schuifel ik terug naar achteren totdat ik weer met mijn onderrug tegen de boom zit. Wat een armzalige poging.
Zolang mijn armen nog vastgebonden zitten, kan ik het wel vergeten. Ik adem in en zet me schrap. Met al mijn kracht beweeg ik mijn bovenlichaam naar voren, terwijl ik tegelijkertijd aan mijn armen trek. Ik voel het touw zich diep in mijn vel graven. Ik stop even, de pijn is verschrikkelijk. Hijgend leun ik met mijn hoofd tegen de stam. Langzaam trekt de felle pijn weg. Er blijft een branderig gevoel over. Ik verzamel mijn laatste restje moed en waag nog een poging. Ik trek uit alle macht, steeds harder en harder. Het lijkt alsof mijn schouders uit de kom schieten. Ik geef het op en moet huilen.
De tranen stromen over mijn wangen en vermengen

zich met de regendruppels. Nat op nat. Het maakt niet meer uit. Ik kom hier toch nooit weg. Opeens moet ik aan mijn ouders denken. Wanneer zullen ze ongerust worden en me als vermist opgeven? Laat, vrees ik. Soms zie ik mijn ouders een paar dagen achter elkaar niet. Druk met werk, druk met feestjes, druk met recepties. Het valt hun vast niet op dat ik niet thuis ben.
Zou Damian me missen? Of zou hij bij Merel zijn? Warm onder haar dekbed, lepeltje lepeltje, terwijl ik hier bijna doodvries. Hij had gezegd dat hij van mij hield. Maar ja, wat zijn die woorden waard? Ik ben al eerder in zijn mooie praatjes getrapt. De gedachten aan Damian zorgen voor een bittere smaak in mijn mond. Verdomme, zelfs nu ik vastgebonden zit aan een boom krijg ik hem niet uit mijn hoofd.

Tweeëneenhalve week geleden, woensdagmiddag

Ik kon al twaalf dagen aan niets anders denken dan aan Damian. Als ik 's ochtends opstond, was hij meteen in mijn gedachten. Tijdens mijn lessen zag ik steeds zijn gezicht voor me. En ik checkte mijn telefoon wel honderd keer per dag – stel je voor dat hij een sms had gestuurd! Sinds onze eerste zoen leefde ik echt op een roze wolk. Ik had Damian elke dag wel even gezien of gesproken. Hij was dé perfecte vriend: knap, stoer, maar ook heel lief en attent. Ik dacht dat het geluk met jongens me eindelijk weer toelachte, tot die ene verschrikkelijke woensdagmiddag.
We hadden een tussenuur en ik zat met Lizzy en Tessel in de kantine. Tessel had net koffie voor ons gehaald, toen Lizzy zei: 'We moeten je wat vertellen.' In plaats van me aan te kijken, keek ze naar iets achter me.
'Wat dan?' vroeg ik, terwijl ik een klontje suiker door mijn koffie roerde.
'Het gaat over Damian.' Ze keek me nu aan, heel serieus.
Haar blik bezorgde me een naar gevoel in mijn buik.
'O?'
'Ik weet niet zo goed hoe ik het je moet vertellen...' Lizzy's mond vertrok nerveus.

Tessel stootte haar aan. 'Kom op, Liz. We kunnen dit niet verzwijgen, dat weet je. Anders zeg ik het.'
'Oké dan.' Lizzy haalde diep adem. 'Damian heeft een vriendin. Al bijna een jaar.'
Ze zei het zacht, bijna fluisterend, maar haar woorden ontploften in mijn hoofd. Mijn oren begonnen te suizen.
'Heeft een vriendin?' stamelde ik. 'Damian heeft een vriendin?' Mijn hersenen leken de informatie niet te kunnen verwerken.
Lizzy pakte mijn hand beet. 'Soof, het spijt me. Ik vind het zo erg voor je. Zeker na alles wat je met Mark hebt meegemaakt.'
'Maar dat kan niet,' riep ik. 'Hij kan geen vriendin hebben. Ik bedoel, dan had ik dat toch wel geweten?' Ik keek mijn vriendinnen wanhopig, bijna smekend aan. Zeg alsjeblieft dat het niet waar is, dacht ik. Alsjeblieft, alsjeblieft, alsjeblieft!
'Damian heeft echt een vriendin, lieverd. Ik zou ook willen dat het anders was.' Lizzy kneep even in mijn hand. 'Ik ken een meisje dat bij Damian in de klas zit, Nora. Gister kwam ik haar toevallig in de stad tegen. We praatten over van alles en nog wat, en ook over Damian. Zij heeft me verteld van zijn vriendin.'
Er viel een stilte. Lizzy en Tessel staarden me vol medelijden aan. Ik kon even niks zeggen. In mijn keel groeide een brok. Ik dreigde erin te stikken.
'Wie is het?' mijn stem was amper meer dan gefluister. 'Wie is zijn vriendin?'
Lizzy aarzelde, zocht naar de juiste woorden. 'Ze heet Merel. En ze is zeventien jaar. Misschien ken je haar. Ze hockeyt bij Hurley, in B1. Een maand geleden hebben

we een uitwedstrijd tegen Hurley gespeeld. Ze was dat meisje met dat lange, donkere haar.'
Merel. Hockey. Lang, donker haar. Het zei me allemaal niks. Mijn lippen trilden. Mijn ogen werden vochtig. Niet te geloven dat ik weer verliefd was geworden op zo'n klootzak met een vriendin! Waarom veranderde ik bij jongens altijd in een dom, onnozel wicht? Bij Mark kwam ik er na drie maanden pas achter dat hij vreemdging.
Opeens waren ze er, de tranen. Driftig veegde ik met mijn hand over mijn wang. Ik wilde niet in de kantine huilen. Sommige leerlingen keken me verbaasd aan. Ik draaide mijn rug naar hen toe.
Tessel zuchtte. 'Damian is een eikel. Een vieze parasiet. Of nee, nog erger, hij is een weekdier. Een glibberig, onbetrouwbaar stuk slijm. Als hij niet oppast, maak ik sushi van hem.'
Ik probeerde door mijn tranen heen te glimlachen, maar het mislukte.
'Soof, ik snap het niet,' zei Lizzy. 'Jij kunt echt alle jongens van de wereld krijgen. Waarom moet je uitgerekend verliefd worden op Damian? Je verdient zoveel beter.'
'Weet niet.' Ik snoot mijn neus in een servetje. 'O help, wat moet ik doen? Wat moet ik toch doen?'
'Ik zou hem opbellen en uitschelden,' zei Tessel.
'Je kan hem ook negeren,' opperde Lizzy. 'Niet meer opnemen als hij belt. En geen sms'jes meer beantwoorden. Laat hem maar lijden en zich afvragen wat er aan de hand is.'
Ik dacht aan alle sms'jes die ik van Damian had gekregen. Ze waren zo lief geweest en leken zo oprecht. Ik

was er met open ogen in getuind. Hoe kón hij? Plotseling knapte er iets in mij. Het leek wel alsof ik vanbinnen explodeerde. Ik was boos. Woedend. Woest.
'Ik ga naar Damian.'
Lizzy staarde me stomverbaasd aan. 'Wat? Naar Damian? Nu? Is dat wel verstandig? Ik bedoel, je bent helemaal over de rooie.'
'Dat kan me niet schelen.'
'Maar wacht dan nog een uurtje,' smeekte Lizzy. 'We hebben zo Nederlands. Als de conrector erachter komt dat je weer spijbelt, schorst hij je misschien wel.'
'Hij doet maar.'
'Mijn god, je gaat echt naar hem toe.' Tessel floot. 'Maak hem gek, meid. Mijn zegen heb je.'
Ik pakte mijn jas en stond op. 'Spreek jullie later.'

Ik kan me niet meer precies herinneren hoe ik bij Damians huis ben gekomen. Ik was vreselijk overstuur. Godzijdank was Damian thuis. Anders had ik niet voor de gevolgen in kunnen staan. Ik stormde naar boven, naar zijn slaapkamer, waar ik al een keer eerder was geweest. Damian volgde me, terwijl hij riep: 'Wat is er in hemelsnaam aan de hand? Verdorie Sophia, vertel het me, je gedraagt je idioot.'
'Klootzak,' was het eerste woord dat ik tegen hem zei toen we in zijn slaapkamer stonden. 'Je hebt een vriendin. Merel. Dacht je nou echt dat je haar voor me verborgen kon houden?'
Damian bleef stokstijf staan. Ik zag alle kleur wegtrekken uit zijn gezicht. 'Het spijt me,' antwoordde hij uiteindelijk.
Ik wist even niks te zeggen. Hij ontkende niet? Dat ver-

baasde me. Mark had zeker een week volgehouden dat hij niet vreemdging.
'Sophia,' zei Damian, terwijl hij me droevig aankeek. 'Het was nooit mijn bedoeling om je pijn te doen. Geloof me, alsjeblieft.'
'Ja, ja, dat zal wel,' snauwde ik. 'Daarom heb je me zeker niks over Merel verteld. Omdat je me geen pijn wilde doen. Wat een slap gelul.'
Hij schudde zijn hoofd. 'Ik heb je niks over Merel verteld omdat het uit is tussen ons.'
Er viel een stilte waarin we elkaar strak aankeken. Het was uit tussen hem en Merel? Moest ik dat geloven? Mooi niet. 'O, hou toch alsjeblieft op met liegen. Ik word kotsmisselijk van je. Bekijk het maar, ik ga naar huis.'
'Ga alsjeblieft niet weg,' zei Damian zacht. 'Laat het me je uitleggen. Ik zweer je dat ik de waarheid vertel.' Hij raakte mijn arm aan.
Ik wilde tegen hem zeggen dat hij moest opdonderen, maar Damian was sneller: 'Merel stalkt me al een paar weken. Het lijkt maar niet tot haar door te dringen dat het uit is. Ze maakt mijn leven echt tot een hel.'
Hij verborg zijn gezicht even in zijn handen. Toen hij me weer aankeek, waren zijn ogen een beetje vochtig. 'Geef me alsjeblieft nog een kans om het uit te leggen. Ik smeek je, Sophia.'
Iets in zijn blik weerhield me om meteen weg te gaan. 'Je krijgt vijf minuten,' zei ik koel. 'Maar reken er niet op dat ik in je mooie praatjes trap.'
'Dank je wel,' mompelde Damian. Hij haalde diep adem. 'Toen Merel en ik wat kregen, bijna een jaar geleden, ging het fantastisch. Merel was lief, grappig, mooi...

Ze leek het perfecte meisje. God, wat was ik verliefd op haar.'
Ik voelde een steek in mijn maag. 'Fijn voor je,' beet ik hem toe.
Damian negeerde mijn opmerking. 'Na een paar maanden begon Merel te veranderen. Ze werd kribbiger, slecht gehumeurd. En vreselijk jaloers. Ze kon me soms wel dertig keer op een dag bellen, alleen om te controleren waar ik was. Gek werd ik ervan. Ik heb van alles geprobeerd, maar niets hielp. Het leek wel alsof ze een andere persoon was geworden.' Zijn stem klonk moe en verdrietig.
'Dus daarom ben je maar vreemdgegaan met mij? Dan had Merel tenminste echt iets om zich zorgen over te maken. Dat is heel aardig van je.' Ik was niet van plan om hem hiermee te helpen.
'Nee,' zei hij geëmotioneerd. 'Dat had ik Merel nooit willen aandoen. En jou ook niet. Een paar weken voordat wij zoenden, had ik het uitgemaakt met Merel. Weet je wat ze zei? "Denk maar niet dat ik je zomaar laat gaan!" Ik dacht eerst dat ze een grapje maakte. Maar ze belt me nog elke dag. En ze vertelt tegen iedereen dat het zo goed gaat tussen ons. Ik durf mijn telefoon soms niet aan te zetten, zo bang ben ik dat ze me weer lastigvalt...' Damian maakte een hulpeloos gebaar.
Ik wist even niks te zeggen. Uit alle macht probeerde ik mijn woede van daarnet terug te halen. Het lukte niet. Het was al een paar weken uit tussen Merel en Damian. En ze bleef hem maar stalken. Dit verhaal kon hij toch niet verzinnen?
'Jezus,' mompelde ik. 'Waarom heb je me dit niet eerder verteld?'

'Dat had ik inderdaad moeten doen. Het spijt me, echt waar.' Hij glimlachte wrang. 'Maar Merel is nou niet bepaald mijn favoriete gespreksonderwerp. "Hallo, ik ben Damian, en ik heb een freak als ex-vriendin" is een nogal vreemde openingszin, vind je ook niet?'
Ik haalde mijn schouders op.
Damian liep langzaam naar me toe. Hij kwam steeds dichterbij, centimeter voor centimeter. En opeens stond hij voor me.
'Je betekent heel veel voor me,' zei hij. 'Ik wil zo graag een nieuwe start met je maken.'
Ik kreeg een brandend, wee gevoel in mijn buik.
Damian boog zich naar me toe. Ik kon bijna niet meer ademen. En toen zoende hij me. Zijn tong voelde warm en zacht. Ik wist meteen dat ik niks ging doen om hem tegen te houden. Damian en ik waren het enige op de wereld wat er op dat moment toe deed.
'O, Sophia, je bent zo mooi,' mompelde hij licht hijgend. Voorzichtig duwde hij me op zijn bed. Zijn handen verdwenen onder mijn trui, maakten mijn bh los, en daarna voelde ik ze naar mijn spijkerboek glijden. Een voor een maakte Damian de knoopjes open.
'Mag ik verdergaan?' Damians vingers speelden met het elastiek van mijn string. 'Ik heb een condoom. En mijn moeder komt pas rond een uur of zes terug van haar werk.'
Hij keek me vragend aan. Ik las zoveel liefde en warmte in zijn ogen. Dit mocht niet ophouden, nooit meer. Als antwoord duwde ik mijn lippen op zijn mond.
Damian mompelde iets onverstaanbaars en begon zijn kleren uit te trekken. Ik wurmde mijn spijkerboek al liggend uit.

'Is dit je eerste keer?' vroeg hij terwijl hij het condoom omdeed.
Ik knikte.
'Ik zal heel voorzichtig zijn. Vertrouw me maar. Het wordt geweldig.' Hij ging op me liggen. 'Ontspan.'
Hij duwde mijn benen uit elkaar en kwam in me. Ik hapte naar adem.
'Doet het pijn?' Damian had een bezorgde blik in zijn ogen.
'Eh, ja, een beetje.' Ik durfde het bijna niet toe te geven. Damian streelde liefdevol mijn haren. 'Maak je geen zorgen. Dat gevoel verdwijnt zo.'
De pijn trok inderdaad langzaam weg. Hij begon weer te bewegen. Ik wist niet zo goed wat ik moest doen en sloeg mijn armen maar om zijn nek. Damian kreunde zacht en zei dat hij van me hield.
'Ik ook van jou,' antwoordde ik. 'Ik ook van jou.'

Zondagochtend, 10.30 uur

Ik probeer het beeld van mij en Damian samen zo ver mogelijk in mijn hoofd weg te stoppen. Waarom heb ik deze jongen ooit in mijn leven toegelaten? Wat ben ik naïef geweest. Ik leun naar achteren, tegen de boom. Mijn keel is schraal en droog. Alsof ik zand heb gegeten. Ik stel me een groot glas cola light voor. Met ijsblokjes. Ik kan de ijskoude frisdrank bijna proeven. Krampachtig slik ik een paar keer. Dit moet ik mezelf niet aandoen, deze kwelling.
Voorzichtig ga ik verzitten. Mijn benen weigeren mee te werken. Ze zijn bijna gevoelloos. Nog een paar uur en ik kan ze helemaal niet meer bewegen. En dan ben ik een wel heel makkelijk slachtoffer. Ik moet de kracht in mijn spieren behouden. Met moeite buig ik mijn benen. Alles tintelt en doet pijn. Het moet nog een keer. Ik mag niet opgeven. Ik dwing mezelf om verder te gaan. Buig, strek, buig strek; het gaat steeds iets beter. Na vijftien keer stop ik hijgend.
De hopeloosheid van mijn situatie overvalt me. Wat maakt het eigenlijk uit of ik mijn benen kan bewegen? Ik heb toch geen schijn van kans. Het ziet er slecht voor me uit. Slechter kan niet. Waarom zit ík hier en niet iemand anders? De vraag bijt zich vast in mijn gedach-

ten. Is het gewoon domme pech geweest? Was ik op het verkeerde moment op de verkeerde plaats en liep ik zo nietsvermoedend in de armen van mijn ontvoerder? Of is het opzet geweest en heeft iemand mij bewust uitgekozen? Maar waarom dan? Ik voel me machteloos en gefrustreerd dat ik de antwoorden niet weet.

Ergens ben ik bang dat het mijn eigen schuld is dat ik hier zit. Dat ik weer iets doms heb gedaan. Mijn probleem is dat ik altijd dingen doe die me in moeilijkheden brengen. Wat zei mijn conrector ook alweer in het laatste gesprek dat hij met mijn ouders had? Sophia heeft een uitstekend stel hersenen. Ze doet er alleen niks mee. Met deze cijfers blijft ze zeker zitten. En we kunnen haar gespijbel ook niet langer tolereren. De volgende keer wordt ze van school geschorst. Daarna heeft hij nog een kwartier mijn ouders uitgehoord over onze situatie thuis. Waren er soms problemen? Kreeg ik wel genoeg aandacht? Was ik thuis ook zo opstandig en dwars?

Mijn ouders waren in een niet al te beste bui toen ze van het gesprek thuiskwamen. Ik zie nog mijn vaders verwijtende gezicht voor me. 'Je moeder en ik werken keihard om jou een goede toekomst te geven. En wat doe jij? Je gedraagt je als een ondankbaar, verwend nest. Het wordt tijd dat je je verantwoordelijkheid gaat nemen.' Mijn moeder had me alleen maar geschokt aangekeken. Daarna hadden mijn ouders, waar ik bij zat, overlegd over de straf die ik moest krijgen. Uiteindelijk waren ze het eens geworden: tot aan de kerstvakantie mocht ik niet meer uitgaan. Godzijdank waren ze toch bijna nooit thuis geweest om dit te controleren.

Ik ben verbaasd dat ik nu aan deze ruzie denk. Het lijkt wel alsof uit alle uithoeken van mijn hersenen stukjes informatie komen. Het is het enige wat ik hier nog kan. Denken, denken en nog eens denken. Kon ik mijn geheugen maar dwingen om terug te gaan naar de middag en avond van mijn verdwijning. Ik probeer het nogmaals. Ik stel me voor dat ik door ons huis loop, naar mijn kamer ga, misschien met iemand bel of een boek lees. Er komen geen beelden. Het is hopeloos. Ik herinner me nog steeds niks.

Opeens hoor ik een geluid dat ik nog niet eerder heb gehoord. Het klinkt heel zacht en ver weg. Een soort ritmisch gebrom. Wat is het? Ik hou mijn adem in en luister gespannen. Een paar seconden blijft het doodstil. Plotseling hoor ik het weer. Iets duidelijker en dichterbij. Het is een hond! En hij blaft! Mijn hart gaat sneller slaan. Bij een hond hoort ook een baasje. Ik heb weer een kans. Alsjeblieft, laat me hier levend vandaan komen.

Ik schreeuw zo hard als ik kan. Om hulp. Mijn naam. Waar ik woon. Dat ik doodga. Ik roep de dingen zonder erbij na te denken. Mijn keel doet pijn van het gillen. Het maakt niet uit, het enige wat telt is dit overleven. Voor mijn gevoel schreeuw ik zeker vijf minuten onafgebroken. Totdat mijn stem overslaat en in een schor gefluister breekt. Hijgend luister ik of er al iemand aan komt. Ik hoor mijn eigen raspende ademhaling. Het suizen van mijn bloed in mijn hoofd. Een vogel. Maar geen geblaf. Ik begin over mijn hele lichaam te trillen. Dit is te oneerlijk. Zonder hond is er geen kans meer. Ik ga hier echt dood.

Zondagmiddag, 12.45 uur

Ik ben alweer een paar uur thuis. En de hele tijd is Sophia in mijn gedachten. Ik voel me net een klein kind dat een verjaardagscadeau heeft gekregen: opgewonden, blij en vol energie. Moet ze veel huilen? Heeft ze pijn? Waar denkt ze nu aan? Ik stel me de doodsangst voor in haar ogen en moet glimlachen. Wat een geweldig plaatje. Die domme trut is van mij. Helemaal van mij alleen. Ik heb de regie weer in handen. Beneden hoor ik mijn moeder scharrelen. Ik heb vanochtend tegen haar gezegd dat ik ziek was. Ze heeft niet verder gevraagd. Ik heb haar de hele ochtend niet meer gezien. Waarschijnlijk heeft ze weer een enorme kater van gisteravond. Sinds mijn vader een paar jaar geleden is overleden, laat mijn moeder zich elke avond vollopen. Het lijkt wel alsof ze compleet is vergeten dat ik nog wel leef. Soms probeer ik me te herinneren hoe mijn moeder vroeger was. Toen mijn vader nog leefde. Maar het lijkt wel alsof alle beelden van die tijd uit mijn geheugen zijn verdwenen.
Maar ik moet nu niet aan mijn moeder denken. Ik moet me op Sophia concentreren en me gaan klaarmaken voor vanavond. Ik heb maar een paar uur de tijd om mijn voorbereidingen te treffen. Om een uur of zeven, als het donker is, wil ik weer bij Sophia zijn. Het is kort dag, maar het moet mogelijk zijn.
Het is fijn om over vanavond na te denken. Het lijkt wel alsof

ik een grens ben gepasseerd waardoor ik me niet meer druk maak om het feit dat ik haar ga doden. Sophia's dood is niet afschuwelijk, maar zinvol. Dat moet ik me steeds blijven inprenten. De enige vraag is nog: hoe ga ik het straks doen? Er zijn zoveel mogelijkheden: een overdosis slaappillen, polsen doorsnijden, haar laten stikken. De adrenaline giert door mijn lichaam van alle ideeën. Maar ik mag mezelf niet te veel laten meeslepen. Het moet vooral simpel en doeltreffend zijn. Anders is de kans dat het misgaat te groot.

Waarschijnlijk is het oude pistool van mijn vader de beste optie. Mijn moeder heeft het al die jaren bewaard. Ik schiet één keer in haar hoofd. Misschien twee keer, om zeker te weten dat ze dood is. En dan laat ik haar gewoon achter, alsof er niks is gebeurd. Sophia zal ooit worden gevonden. In de zomer, door een wandelaar. Of misschien al eerder. Het maakt eigenlijk niet zoveel uit. Ik zal geen sporen achterlaten. Ik zal de gympen die ik vanavond draag weggooien en latex handschoenen gebruiken. In CSI *kunnen ze vaak nog iets uit de gebruikte kogel afleiden. Maar ik weet bijna zeker dat het pistool van mijn vader nergens is geregistreerd.*

Ik kijk op mijn horloge. Kwart voor twee. Mijn opwinding neemt toe. Zou ik straks ook nog zo sterk zijn? Wie weet blokkeer ik wel als ik voor haar sta. Ik bedoel, het is toch anders om erover na te denken hoe ik haar zal doden dan om het echt te doen. Heel even krijg ik het benauwd. Maar dan visualiseer ik me Sophia vastgebonden aan de boom. En ik voel weer haat. Een intense haat zelfs. Ik weet zeker dat het me gaat lukken. Ze is gisteravond veel te ver gegaan. Ik mag niet over me heen laten lopen. Ze is de vijand geworden. Zo moet ik het zien.

Ik wrijf in mijn ogen, die prikken. Tenslotte heb ik een nacht slaap overgeslagen. Misschien zou het verstandig zijn om mijn lichaam een paar uur rust te gunnen. Maar mijn hoofd barst uit elkaar van de energie. Ik ga voor mijn slaapkamerraam staan. Kleine spatjes komen tegen de ruit. Het begint weer te regenen. Ik moet grijnzen als ik aan Sophia denk. Wat zal ze het koud hebben.

Zondagmiddag, 14.30 uur

Helemaal stijf en met een droge mond word ik wakker van een regendruppel die op mijn gezicht valt. Verdwaasd knipper ik met mijn ogen. Ben ik in slaap gevallen? Dat kan niet waar zijn. Hoe kan ik slapen terwijl ik nog maar een paar uur te leven heb? Wat ontzettend dom. Dit mag niet nog een keer gebeuren. Anders kan ik het net zo goed opgeven. Ik moet nadenken. Alert zijn. Mijn spieren blijven bewegen. En niet wegglijden. Het gaat harder regenen. Ik steek mijn tong uit om de druppels op te vangen. De regen smaakt een beetje muf, maar het is water, eindelijk water. Als een hond lik ik de druppels op. Ik ben nog nooit zo blij geweest met een regenbui. Het is niet veel water, maar genoeg om mijn rauwe keel en gebarsten lippen wat te verzachten. Na een paar minuten verandert de regen in een fijn gemiezer. Zuchtend leun ik achterover tegen de boomstam.
Hoe laat is het nu? Ergens in de middag, waarschijnlijk. Het voelt alsof ik al uren hier vastgebonden zit. En het daglicht begint ook iets zwakker te worden. Op welk tijdstip gaat de zon onder in februari? Vijf uur? Halfzes? Ik weet het niet zeker. Straks wordt het donker. Wanneer zou hij terugkomen? Zou ik nog met hem kunnen praten? Hem op andere gedachten kunnen brengen?

Misschien laat hij me wel gaan voor een grote som geld. Die willen mijn ouders vast wel betalen. Of zou hij niet naar me willen luisteren en me meteen vermoorden? Ik word helemaal misselijk van angst als ik daaraan denk. Een schel muziekje klinkt opeens door het doodstille bos. Mijn hart mist een paar slagen. Het duurt een paar tellen voordat ik de melodie herken; het is *Hurt* van Christina Aquilera. Mijn ringtone. Zit mijn mobiel in mijn jaszak? Is hij die vergeten eruit te halen? Hoe is het mogelijk. Ben ik al die tijd zo dicht bij contact met de buitenwereld geweest? Ik krijg weer een sprankje hoop. Ik hoef alleen maar te roepen: 'Help, ik ben ontvoerd!' Kon ik mijn polsen maar loskrijgen. Wanhopig ruk ik aan mijn handen. Ik schreeuw het uit van de pijn. Niet opgeven, denk ik. Straks vermoordt hij je, dat doet nog veel meer pijn. Ik zet mezelf schrap en trek nog een keer. De pijn is nu zo hevig dat ik moet kokhalzen. En dan wordt het plotseling stil. De beller heeft opgehangen.
Ik buig mijn hoofd en voel de tranen over mijn wangen rollen. Het heeft geen zin. Mijn handen zitten muurvast. Ik krijg het afschuwelijke gevoel dat hij met opzet mijn telefoon in mijn jas heeft achtergelaten. Om me extra te treiteren. Ik had altijd gedacht dat ik pas zou sterven op mijn tachtigste. Oud, gelukkig, met een lieve man en heel veel kinderen en kleinkinderen. Ik kan gewoon niet geloven dat ik nu al doodga, op mijn zestiende en moederziel alleen. Damian zal niet lang om me treuren, vermoed ik.

Donderdagmiddag, elf dagen geleden

'Even voor alle duidelijkheid.' Lizzy schraapte haar keel. 'Damian heeft je verteld dat het al weken uit is met Merel en dat ze hem stalkt? En jij bent daarna met hem naar bed gegaan? Heb ik dat goed begrepen?' Ze staarde me vol ongeloof aan.

Lizzy en Tessel hadden de hele dag op school lopen vissen hoe het gisteren bij Damian was gegaan. Maar ik had hun nog niks verteld. Nu zaten we in Lizzy's slaapkamer en ik had net mijn verslag gedaan.

'Eh, ja. Zo is het min of meer gegaan,' mompelde ik. Ik moest toegeven dat het allemaal wat minder overtuigend klonk dan toen Damian voor me stond.

'Tss,' zei Tessel hoofdschuddend. 'Ik dacht dat je hem eens goed de waarheid ging vertellen. Maar in plaats daarvan heb je met hem liggen seksen. Hoe is het mogelijk?'

'Je kunt best wat meer begrip voor zijn situatie hebben,' verdedigde ik Damian. 'Dat gedoe met Merel is echt heel erg voor hem. Van ellende weet hij soms niet...'

'Ach, hou op,' viel Lizzy me in de rede. 'Ik geloof er geen barst van. Wat zei Mark ook alweer tegen je? "Ik zweer je dat ik niet vreemdga." Dat klonk toen ook heel geloofwaardig, totdat je hem een week later betrapte met dat meisje. Moet ik verdergaan?'

Ze raakte een gevoelige snaar. Ik kreeg een kleur en schudde mijn hoofd. 'Dat hoeft niet.'
Maar Lizzy was niet meer te stoppen. 'Jongens zoals Mark en Damian spelen in op je gevoel. Ze geven je het idee dat je de enige bent. Maar ze zullen nooit voor je kiezen. Je blijft altijd tweede keus. Wil je dat? Wil je weer zo'n foute jongen als vriend?'
Ik voelde me afschuwelijk. 'Nee,' zei ik stilletjes.
'Precies.' Lizzy knikte heftig. 'Mark was niet te vertrouwen. En Damian ook niet. Waarom zijn Lizzy en Tessel daar zo van overtuigd? Je bent er weer in getrapt, Soof. Het spijt me.'
Zou ze gelijk hebben? De tranen sprongen me in de ogen. Hoe kon Damian zo tegen me liegen? Wat mankeerde hem? En wat mankeerde mij? Op de een of andere manier scheen ik niet in staat te zijn om jongens goed in te schatten.
'Maar stel je voor dat hij gisteren wel de waarheid heeft verteld,' probeerde ik nog. 'Moet ik hem niet het voordeel van de twijfel gunnen?'
Lizzy zuchtte. 'Ik zou er niet op rekenen. Mijn advies is: dump hem. Hoe eerder, hoe beter. Hier word je doodongelukkig van.'
Mijn verstand zei: luister naar Lizzy, maak het uit. Hij is een klootzak. Maar mijn gevoel weigerde dat te accepteren. Ik kreeg nog de kriebels als ik aan gisteren dacht. Ik beet op mijn lip.
'O, Soof,' zei Tessel, en ze pakte mijn arm vast. 'Het komt goed. Echt waar.'
'Ik hoop het.' Ik kon het me even niet voorstellen.
Lizzy stond op. 'Kom, we gaan. Anders komen we te laat voor hockeytraining. We praten op de fiets wel verder.'

Een uur lang had ik nergens aan gedacht en alleen maar achter de bal aan gerend, tot het zweet van mijn gezicht droop. Ik stelde me steeds voor dat Damians hoofd de bal was. Ik had hem zeker een vierdubbele hersenschudding en een gebroken neus geslagen.

Robbert, onze hockeytrainer, blies op zijn fluitje. 'Goed getraind, dames. Dit weekend hebben we vrij. Volgende week zaterdag spelen we voor de wintercompetitie thuis tegen Bloemendaal. Ik zal de opstelling op internet zetten.'

We trokken het gekleurde hesje uit van onze oefenwedstrijd en liepen naar het clubhuis. In de kleedkamer was het warm en het rook er naar deodorant en parfum. Iedereen praatte luidruchtig door elkaar. Ik maakte mijn scheenbeschermers los en trok het elastiekje uit mijn haar. Opeens hoorde ik een paar meisjes hard lachen. Ik keek op en zag Julia grijnzen.

'We hebben gezoend en daarna ben ik met hem naar huis gegaan. Hij is zo knap en goddelijk,' zei ze. Julia stond bekend om haar veroveringen. Meestal vond ik haar verhalen wel grappig, maar nu was ik niet in de stemming om ernaar te luisteren.

'Het is net een week uit met Bart,' riep Lucy, het jongste meisje uit ons hockeyteam. 'Wat zielig voor hem.'

Julia haalde haar schouders op. 'Boeiend.' Ze trok haar trainingsbroek uit en schudde haar lange haren naar achteren. 'Hé, Soof. Ik heb trouwens ook iets interessants over jou gehoord. Volgens het roddelcircuit heb je een nieuwe vriend. Ben je die eikel van een Mark eindelijk vergeten?'

Een moment was ik sprakeloos. 'Sorry. Wat zeg je?' stamelde ik.

'Ik vroeg je of het waar is dat je weer gezoend hebt, dove kwartel.'
Ze zei het uitdagend, dus ik wist dat ze me uit mijn tent probeerde te lokken.
Ik keek haar aan. Zij keek mij aan. De andere meisjes uit mijn team staarden me nu ook aan. Ik voelde me vreselijk opgelaten.
'Hoe kom je daar nu bij?' antwoordde ik weinig overtuigend. 'Ik heb met niemand gezoend.'
Julia hield haar blik nog een paar seconden strak op me gericht en zei toen, bijna vriendelijk: 'Hmm, als jij zegt dat er niks is gebeurd, dan zal dat wel zo zijn, toch?' Ze liep naar haar kleren en deed alsof ze het onderwerp niet meer interessant vond.
Ik haalde opgelucht adem.
Lizzy fluisterde in mijn oor. 'Néé, hè? Hoe komt zij nu weer aan deze informatie? Goed dat je niks hebt verklapt.'
Opeens draaide Julia zich weer om. 'Heeft niemand dan wat leuks te melden?' vroeg ze klagelijk. 'Zijn er echt geen nieuwe liefdes of sappige roddels? Shit zeg, we worden oud en saai.'
'Ik heb sinds kort een vriendje,' hoorde ik iemand plotseling zeggen.
Ik draaide mijn hoofd in de richting van de stem. Het was Cecile! De laatste van wie ik dit had verwacht. Meestal hield ze zich op de achtergrond. Ze kwam en ging vaak zonder iets te zeggen.
'Hè, wat? Een vriendje? Jij?' riep Julia verbaasd uit.
Alle aandacht was nu op Cecile gericht. Haar stem klonk zacht en onzeker toen ze zei: 'Eh, ja. Ik ken hem eigenlijk al een halfjaar. Maar het wordt steeds serieuzer.'

'Nou, leuk hoor. Neem hem maar eens mee, ik ben heel benieuwd.' Julia zei het op een toon alsof ze het niet meende.

'Misschien,' mompelde Cecile. Ze staarde met rode wangen naar de grond en leek nu al spijt te hebben van haar onthulling.

Julia keek op haar horloge. 'Zeg, ik ga ervandoor. Volgende week donderdag kan ik niet trainen. Dus ik zie jullie pas zaterdag bij de wedstrijd tegen Bloemendaal. En daarna, ladies, get the party started!'

Zondagmiddag, 16.30 uur

Get the party started. Had Julia echt 'get the party started' gezegd? Deze opmerking is belangrijk, daar ben ik plotseling heel zeker van. Mijn hersenen draaien overuren. Gistermiddag was de wedstrijd tegen Bloemendaal. En daarna ben ik dus blijkbaar naar een feest gegaan waar ik niks meer van weet! Ik voel me opeens vreselijk duizelig en niet goed worden. Op het randje van mijn geheugen balanceert een herinnering. Ik probeer hem scherp te krijgen. Een grote zaal, dansende mensen, de nooduitgang, mijn fiets. En dan – *woessjj* – zijn de beelden weer verdwenen.

Mijn wangen gloeien. Ik probeer me wanhopig te herinneren naar welk feest ik gisteravond ben gegaan. Waar was het precies? Met wie? Ik staar naar mijn voeten. En opeens weet ik het weer. Met een noodvaart komt de herinnering terug. Het beneemt me de adem.

Zaterdagavond, een dag geleden

Wat moest ik aantrekken? Ik stond al een kwartier voor mijn kledingkast. Vanavond was het winterfeest in de Westergasfabriek. Normaal gesproken zou ik er vreselijk veel zin in hebben gehad. Maar nu was ik de hele dag al misselijk van de zenuwen. De kans was namelijk heel groot dat Damian er ook zou zijn. Het winterfeest werd georganiseerd door vier scholen, waaronder zijn school. Eigenlijk had ik niet naar het feest willen gaan. Maar Lizzy had vanochtend na de hockeywedstrijd tegen me gezegd: 'Doe niet zo achterlijk. Je kunt hem toch moeilijk je hele leven blijven ontlopen. Daar los je niks mee op. Ga alsjeblieft de confrontatie eens aan.'

Ik had Damian niet meer gezien of gesproken na vorige week donderdag. Dat lag meer aan mij dan aan hem, want Damian had al een paar keer mijn voicemail ingesproken en tientallen sms'jes gestuurd. Hij wilde me graag zien. Maar ik durfde niks af te spreken. Wat moest ik in hemelsnaam tegen hem zeggen? 'Mijn vriendinnen vinden je een klootzak, maar ik droom nog elke nacht over je'? Dat zou idioot zijn. Daarom had ik maar besloten om hem te negeren.

De inhoud van mijn kledingkast zag er treurig uit. Een

paar zomerjurkjes, wat rokjes van Zara en een stapeltje topjes van vorig jaar. Hierin kon ik onmogelijk een verpletterende indruk maken. Uiteindelijk pakte ik mijn korte, paarse jurkje maar van een hanger. Het was mijn staat-altijd-goed-jurkje. Ik had het al zo vaak gedragen. Een voordeel: Damian vond dat dit jurkje me geweldig stond. Ik viste mijn suède laarzen met hoge hakken onder mijn bed vandaan en trok alles aan. In de badkamer borstelde ik mijn haar totdat het glansde. Mijn ogen maakte ik op met een grijze oogschaduw en heel veel zwarte mascara. Als laatste deed ik wat zachtroze lipstick op. Ik bekeek mezelf in de spiegel. Ik zag er volwassen en zelfverzekerd uit. Hopelijk kon ik me ook zo gedragen als Damian straks voor me stond.

Om tien uur liep ik naar beneden. Het licht in de huiskamer was uit. Mijn ouders waren naar een toneelvoorstelling en zouden laat thuiskomen. Dat hadden ze op het briefje geschreven dat ik vanmiddag op de keukentafel vond. Ik kon me niet meer herinneren wanneer ik ze voor het laatst had gezien. Was dat drie, vier dagen geleden geweest? Ik haalde mijn schouders op. Wat kon mij het ook eigenlijk schelen. Zo kon ik vanavond net zo lang op het feest blijven hangen als ik wilde.

Ik had met Lizzy en Tessel afgesproken op de hoek van de Overtoom en de Nassaukade. Ze stonden al te wachten toen ik eraan kwam gefietst.

Tessel floot. 'Wauw. Jij hebt je best gedaan. Je kan zo meedoen met de Miss Universe-verkiezing. Hoe lang heb je voor de spiegel gestaan? De hele avond?'

'Natuurlijk niet. Doe niet zo gek.' Ik voelde me een beetje betrapt, dat moest ik toegeven.

'Ja, ja, dat zal wel.' Lizzy trok haar wenkbrauwen om-

hoog. 'Kom, we gaan, anders missen we het openingsoptreden van Di-rect.'
Luid pratend fietsten we richting de Westergasfabriek. De club lag aan de rand van de stad, bij het Westerpark. Ik vond het een vreemde en verlaten plek voor een club, maar de Westergasfabriek was al jaren een van de hipste plekken in de stad. We zetten onze fietsen in het parkje tegenover de club en liepen naar de ingang. Binnen was het al behoorlijk druk.
'Dit is echt helemaal te gek,' riep Tessel boven de muziek uit. 'Ik ga wat te drinken halen. Wat willen jullie? Een Passoa-jus?'
'Lekker. Maak er maar een dubbele van,' zei Lizzy grijnzend. 'Voor jou ook, Soof?'
Ik knikte, terwijl ik zo onopvallend mogelijk mijn ogen over de bezoekers liet gaan. Nog geen Damian, godzijdank. Na twee dubbele Passoa-jus voelde ik me een stuk minder gespannen. Het optreden van Di-rect was begonnen en ik stond met Lizzy en Tessel vooraan bij het podium te dansen. Uitgelaten zongen we mee met de nummers. Een blonde jongen die naast me stond, gaf me een knipoog. Normaal gesproken zou ik hem hebben genegeerd, maar nu lachte ik flirterig naar hem terug. Damian kon het heen-en-weer krijgen.
Na een halfuur hield de band pauze. We gingen aan de bar zitten. Lizzy bestelde drie Passoa-jus.
'Heb je vandaag nog iets van Damian gehoord?' zei Tessel.
'Eh, ja,' gaf ik toe. Eigenlijk had ik geen zin om over hem te praten. 'Hij heeft vanmiddag een sms gestuurd.'
'O, echt? Wat schreef-ie? Vertel!'
Ik zuchtte. 'Hij mist me. En ik kreeg duizend kusjes van hem.'

'Jakkes, wat smerig,' kreunde Tessel. 'Hoe durft hij je telefonisch steeds zo lastig te vallen. Heb je teruggestuurd dat hij kon oprotten?'
'Nee, ik heb niet geantwoord.' Ik keek naar mijn handen, meed haar ogen. 'Damian doet me niks meer.'
'Hmm, waarom geloof ik dat niet?' vroeg Lizzy. 'O, Soof, je hebt toch niet weer je hoofd op hol laten brengen door zo'n dom berichtje? Damian is niet aardig en zal het ook nooit worden.'
'Néééééé, hè, dat meen je niet,' fluisterde Tessel opeens, en ze wees bijna onmerkbaar naar links. 'Kijk eens wie daar staat, zo'n tien meter verderop.'
Ik draaide me half om en keek recht in het gezicht van Damian. Hij grijnsde en kwam zelfverzekerd op me afgelopen.
'Tijd voor ons om ervandoor te gaan,' siste Tessel, en ze trok Lizzy van haar kruk. 'Zeg maar namens mij dat hij dood kan vallen. Onbetrouwbare zak.'
Lizzy zei ook nog wat, maar ik hoorde niets meer. Het leek of alles om me heen was verdwenen. Alles, behalve Damian. Mijn hart klopte in mijn keel en mijn wangen gloeiden.
'Hé, Sophia,' zei Damian toen hij voor me stond. 'Ik had al gehoopt dat je hier zou zijn.'
Ik staarde hem alleen maar aan, wist niks te zeggen.
'Ik heb je gemist.' Hij glimlachte en zag er waanzinnig aantrekkelijk uit in zijn witte longsleeve T-shirt en zwarte broek. 'Waarom heb je me niet teruggebeld?'
Ik haalde diep adem. 'We moeten praten.'
'Praten?' Damian glimlachte weer. 'Prima, wat jij wilt. Maar niet hier, veel te druk. Kom, dan zoeken we een rustig plekje.'

Hij draaide zich om. Ik ging achter hem aan. Hij liep langs de dansvloer, richting de wc's, voorbij een andere zaal. Ik bleef maar achter hem aan lopen. Uiteindelijk trok hij een deur open waarboven een groenverlicht bordje hing met NOODUITGANG.
'Please come in, my lady.' Damian gebaarde dat ik naar binnen moest.
Achter de deur bevond zich een lange, schemerige gang. Ik aarzelde een moment. Mijn gezonde verstand zei dat we beter ergens anders, op een minder afgelegen plek, konden praten. Maar ik zei niks en ging gewoon naar binnen.
Ver weg van de drukte klonk de muziek en het geroezemoes gedempt. Damian kwam dicht bij me staan, zo dicht dat ik de warmte van zijn lichaam voelde. Zijn adem rook sterk naar alcohol, merkte ik nu pas. Zenuwachtig leunde ik tegen de muur.
'Hèhè,' zei hij. 'Nu zijn we eindelijk alleen.'
Ik zag dat hij zijn hand optilde. Damian streek met de toppen van zijn vingers over mijn voorhoofd. 'Je bent zo mooi.'
'Niet doen,' zei ik, heel even tegenstribbelend, maar ik raakte dat vastberaden gevoel snel kwijt toen hij me plotseling tegen zich aan trok. Damian kuste me hartstochtelijk. Mijn knieën werden slap en ik sloeg mijn armen om zijn nek. Ik wilde niet dat hij ophield. Al mijn goede voornemens waren in één klap verdwenen.
'O, Sophia,' kreunde hij. 'Ik heb de afgelopen dagen alleen maar aan jou gedacht.'
'En ik aan jou,' mompelde ik.
Damian schoof zijn handen onder mijn jurk. Ik huiverde en drukte mijn lichaam tegen hem aan.

'Ik wil het met je doen. Nu.' Zijn vingers frunnikten ongeduldig aan mijn panty.
Ik keek naar de deur van de nooduitgang, die op een kier stond. 'Wat? Hier? Weet je dat zeker? Als er iemand binnenkomt...'
'Er komt niemand.' Damian kneep zachtjes in mijn billen. 'Doe je jurk omhoog.'
Mijn hart klopte als een bezetene in mijn borstkas. 'We kunnen straks toch ook naar jouw huis gaan? Ik vind het een beetje a-relaxed hier.'
'We kunnen niet samen naar huis, schoonheid. Merel is er vanavond ook. Ze mag ons niet samen zien.'
Ik kreeg even geen adem meer, alsof Damian me een stomp in mijn maag had gegeven. 'Wát zei je? Merel is er ook? Maar het was toch uit met Merel?' Ik wurmde me uit zijn omhelzing.
Damian staarde me een seconde roerloos aan. Toen antwoordde hij grinnikend: 'Tjonge, wat kun jij boos reageren. Dat is toch nergens voor nodig? Het is ook uit met Merel. Maar het ligt allemaal nogal gevoelig bij haar. En ik wil haar niet kwetsen, snap je? Ze is zo vreselijk labiel.'
Hij legde een hand op mijn schouder en glimlachte. Ik sloeg zijn hand weg. Opeens zag ik alles zo helder en duidelijk. Damian loog. En dat had hij steeds gedaan. Lizzy en Tessel hadden gelijk: Damian was inderdaad een liegende, onbetrouwbare klootzak. God, wat haatte ik hem opeens. Hij had me gewoon gebruikt. Ik had hem het liefst een klap gegeven of in zijn gezicht gespuugd. Maar in plaats daarvan zei ik woedend: 'Merel labiel? En je wilt haar niet kwetsen? O, hou toch alsjeblieft je mond. Je liegt, je liegt dat je barst.'

'Hè, dame, rustig aan,' zei Damian. De glimlach was van zijn gezicht verdwenen. 'Waarom zou ik tegen je liegen?'
'Omdat je een gevoelsarme, onbetrouwbare klootzak bent.' Ik was razend. De woorden vlogen over mijn lippen, zonder dat ik erbij na hoefde te denken. 'Ik had je nooit moeten geloven. Wat een rotstreek om over Merel te liegen en daarna met me naar bed te gaan. Waarschijnlijk ben ik niet de eerste die in dit verhaal is getrapt. Zielig hoor, om meisjes zo in je bed te lokken.'
'En nu kappen.' Damian pakte hardhandig mijn arm beet. 'Ik heb geen zin om naar dit gezeik te luisteren. Je haalt je van alles in je kop. Allemaal onzin. Ga je nu weer normaal doen?'
'Moet ík normaal doen?' snauwde ik. 'Ik doe heel normaal... een stuk normaler dan jij in elk geval.'
'Er valt met jou niet te praten. Je bent hysterisch.' Damian keerde me zijn rug toe. 'Ik word hier helemaal gestoord van. Je zoekt het maar uit.'
'Weet je wat ik ga doen?' schreeuwde ik. 'Ik ga eens gezellig met Merel praten. Over jou en mij. Dat zal ze interessant vinden, denk je ook niet?'
Damian draaide zich om. 'Dat zou ik niet doen als ik jou was.' Hij klonk bijna achteloos, maar de blik in zijn ogen was kil en hard.
'Ik ben heel benieuwd hoe ze reageert. Jij ook?'
'Ik meen het, Sophia. Waag het niet om met Merel te gaan praten. Ik waarschuw je maar één keer.' Hij sloeg met zijn vlakke hand tegen de muur, net naast mijn hoofd.
Heel even schoot er een flits van angst door me heen. Damian kon me wel wat aandoen. Hoe goed kende ik

hem eigenlijk? En hij had vanavond veel te veel gedronken. Maar mijn woede was groter dan mijn angst.
'Nounou, stoer, hoor,' antwoordde ik op een zo flink mogelijke toon. 'Denk je dat ik nu bang ben? Echt niet. Waarom vertel je het Merel vanavond eigenlijk niet zelf?'
Damians mond vertrok tot een smalle streep. 'Ik peins er niet over.'
'Dan bel ik haar morgen,' vervolgde ik. 'Het wordt tijd dat ze weet wat voor eikel je bent.'
'Je begaat een grote fout,' siste Damian. 'Ik maak je helemaal kapot, echt waar.'
Zwijgend stonden we tegenover elkaar. Ik zag een spiertje trillen onder zijn oog.
Ik haalde diep adem. 'De grootste fout die ik heb gemaakt, was met jou iets te krijgen. Ik zal Merel morgen de groeten van je doen. Je bekijkt het maar.'
'Vuil kutwijf, je gaat eraan, dat zweer ik.'
'Ga iemand anders maar bedreigen. Ik heb het helemaal gehad met je.' Ik duwde hem opzij en liep weg, door de deur, langs de wc's. Ik durfde pas weer over mijn schouder te kijken toen ik terug was bij de bar. Damian was me godzijdank niet gevolgd. Ik merkte nu pas dat ik stond te trillen op mijn benen. Met bevende vingers zocht ik het nummer van Lizzy in mijn mobiel.
'Hé, Soof, daar ben je weer,' nam ze op. 'Hoe is het gegaan? We wachten al een uur op je bij het podium.'
Ik slikte, mijn mond was kurkdroog. 'Het is voorbij.'

Zondagavond, 18.00 uur

Damian! Het is dus Damian die me hier aan een boom heeft vastgebonden! Er gaat een huivering van afschuw door me heen. Blijkbaar heeft hij me gisteravond buiten staan opwachten. Ik herinner me nog dat ik Lizzy en Tessel gedag heb gezegd, mijn jas heb gepakt en naar mijn fiets ben gelopen. Vanaf dat moment wordt het zwart. Was ik maar een uurtje langer op het feest gebleven en samen met Lizzy en Tessel naar huis gefietst, zoals ze hadden voorgesteld. Maar ik wilde per se gaan, in de war door alles wat er met Damian was gebeurd. Nooit, maar dan ook echt nooit, had ik gedacht dat hij zijn dreigementen serieus zou uitvoeren.
Ik heb zin om te huilen, te vloeken, te krijsen. Hoe durft hij? Hoe durft hij eerst zo tegen me te liegen en me daarna in een bos te dumpen? Wat een klootzak. En dat allemaal omdat hij bang is dat Merel achter de waarheid zal komen? Ik ben zo woedend dat ik er bijna in stik. Ergens kan ik me niet voorstellen dat hij me echt gaat vermoorden. Misschien wil hij me alleen maar bang maken en komt hij me straks gewoon losmaken. Toch durf ik er niet op te rekenen. Tenslotte heeft hij me ook bewusteloos geslagen en hierheen gebracht. Daar moet je behoorlijk gestoord voor zijn, toch?

Hoe lang heb ik nog voordat hij terugkomt? Een paar uur, minder misschien? Ik heb werkelijk geen idee. Het is donker geworden. En dus avond. *Vanavond ben je dood*, heeft hij geschreven. Maar ik ben niet van plan om als een weerloos slachtoffer op Damian te wachten. Dat gun ik hem niet. Ik móét mijn handen los zien te krijgen voordat hij er is. Ik herinner me nog de vreselijke pijn van mijn eerdere pogingen. En hoe weinig ik ermee ben opgeschoten. Maar het is mijn enige kans.

Ik haal diep adem en beweeg mijn handen heen en weer langs de stam. Ik voel de boomschors mijn vel openschuren. Mijn polsen beginnen te kloppen en te branden. Ik probeer niet aan de pijn te denken. Ik dwing mezelf aan Damian te denken. Ik dwing mezelf na te denken over alles wat hij gisteravond heeft gezegd. De woede borrelt weer omhoog, als een withete, gloeiende golf. Bewegen, niet nadenken, niet voelen maar doorgaan. Ik word misselijk en krijg het warm. Het bloed gonst in mijn oren. Ik hoef alleen maar mijn handen los te krijgen. Het is mogelijk. Kom op, spreek ik mezelf streng toe, doe je best! Er verschijnen zwarte vlekken voor mijn ogen en ik leun hijgend tegen de boomstam.

Zweetdruppeltjes glijden langs mijn slapen. Ik adem in en adem uit. De zwarte vlekken verdwijnen. Voorzichtig beweeg ik mijn handen. Laat het touw alsjeblieft iets losser gaan zitten, smeek ik in gedachten. Een centimeter, of zelfs een paar millimeter, zou al een begin zijn. Maar het touw zit nog net zo strak om mijn polsen als daarnet. Ik kreun. Het lukt niet. Ik krijg mijn handen niet los. Ik schud mijn hoofd. Nee! Zo mag ik niet denken. Dan ben ik zeker over een paar uur dood. Het is nu of nooit. Als ik mijn handen kapot moet trekken om vrij te zijn, dan moet dat maar.

Ik sluit mijn ogen en zet de hakken van mijn laarzen diep in de modder. Met alle kracht die ik nog heb, span ik de spieren in mijn armen. Een explosie van pijn is het gevolg, zo hevig dat ik moet kokhalzen. Ik trek nog harder. De zwarte vlekken komen weer opzetten. Ik negeer ze. Ik hang nu met mijn hele gewicht aan mijn schouders. De zwarte vlekken worden een zwarte tunnel. Alleen aan het einde zie ik nog wat vage contouren van bomen. Maar ook dat laatste beeld verdwijnt, samen met mijn pijn, angst en vermoeidheid. Val ik flauw?

Ergens in de donkere tunnel hoor ik opeens een vreemd geluid. Een stem diep vanbinnen zegt: kom bij je positieven, Sophia, nu meteen! Maar ik wil niet. Ik wil in het veilige donker blijven. Toch begint de tunnel ineens te vervagen. Het zwart wordt grijs. Het grijs verandert in rondtollende bomen. De bomen houden op met bewegen. De pijn in mijn polsen komt terug. Ik hap naar adem. Ik ben er weer.

Uitgeput laat ik mijn hoofd hangen en luister. Het is stil, doodstil in het bos. *Boem, boem, boem,* hamert mijn hart in mijn oren. Plotseling hoor ik nog iets anders. Een zacht geknisper en gekraak. Het duurt een paar seconden voordat ik het geluid herken: voeten die op blaadjes en takjes staan! Geen twijfel mogelijk! Het geluid komt snel dichterbij. Mijn mond wordt kurkdroog en ik krijg bijna geen lucht meer van angst. Komt Damian nu al? Dit is te oneerlijk. Ik heb meer tijd nodig. De voetstappen klinken steeds harder. Ik schuif zo ver mogelijk naar achteren, tegen de boomstam. Het heeft geen zin, ik kan me toch niet verstoppen. Er komt een schreeuw omhoog in mijn keel. 'Néé,' gil ik. 'Néé, godverdomme, néé, blijf uit mijn buurt, vuile klootzak!'

Zondagavond, 18.15 uur

De laatste paar uur heb ik vaak aan gisteravond gedacht. Als een smerige, zwarte vlek zat het feest in mijn hoofd. Steeds weer opnieuw zag ik dat dellerige hoofd van Sophia voor me, als een film die bij de slechtste scène bleef haperen. Blijkbaar hadden mijn hersenen besloten om mijn razernij tot het uiterste te drijven.
Eigenlijk begon de avond gisteren heel goed. Ik droeg een strak, zwart jurkje dat me geweldig stond, al zeg ik het zelf. Ik zag eruit als het soort meisje tegen wie ik altijd zo opkijk. Stralend. Vol zelfvertrouwen. Mysterieus. Damian kon zijn ogen dan ook niet van me afhouden. We stonden in een hoekje van de zaal en praatten over van alles en nog wat, terwijl Di-rect op het podium speelde. Damian had zijn arm losjes om mijn schouder geslagen en er lag een plagerige glimlach om zijn lippen. De lucht knetterde bijna van de spanning tussen ons. Dit was Damian op zijn sterkst. Zo hield ik het meest van hem. Ik zag andere meisjes naar hem kijken, stiekem met hem flirten. Maar het deed me niks. Hij was van mij, helemaal van mij alleen.
De verandering in Damians houding was zo abrupt, dat ik het eerst niet doorhad. Ik voelde me op dat moment onoverwinnelijk. Pas toen hij voor de tweede keer geen antwoord gaf, viel het me op. En toen zijn arm van mijn schouder gleed

en hij een stap bij me vandaan zette, wist ik dat er echt iets aan de hand was. Een alarmbelletje ging in mijn hoofd af. Niets of niemand mocht Damians aandacht bij mij weghalen. Ergens loerde gevaar. Ik moest zo snel mogelijk ingrijpen.
Ik legde mijn hand op zijn arm en zei op een zwoele, flirterige toon: 'Is er wat? Je bent ineens zo afwezig. Verveel ik je?'
Hij glimlachte. 'Je verveelt me nooit. Er is niks. Ik ben vanavond gewoon een beetje moe.'
Moe? Damian was nooit moe. De alarmbel in mijn hoofd ging scheller rinkelen.
'Hmm,' zei ik, zonder mijn onrust te laten merken. 'Moe, zei je? Daar weet ik wel wat op. Maar dan moet je wel met me mee naar buiten gaan.' Ik schonk hem mijn verleidelijkste glimlach.
Maar hij zag het niet, want zijn ogen draaiden een andere kant op. Ik volgde zijn blik. De bar. Mensen. Waar keek hij in godsnaam naar?
'Hallo, hoorde je me wel? Ik vroeg of je mee naar buiten ging?' De klank in mijn stem was scherper dan ik eigenlijk wilde.
'Hè, wat? Of ik mee naar buiten ga? Ja, strakjes.' Damians ogen draaiden terug naar mij. 'Wacht eens, ik zag net een vriend binnenkomen die ik al heel lang niet heb gesproken. Ik moet even naar hem toe. Dat vind je toch niet erg?' Hij haalde verontschuldigend zijn schouders op.
'Tuurlijk niet, geen probleem,' antwoordde ik zo nonchalant mogelijk. Maar vanbinnen had het alarm zijn maximale volume bereikt.
'Je bent geweldig.' Damian kneep zachtjes in mijn wang. 'Niet weggaan, hoor. Ik maak alles straks meer dan goed.' Hij gaf me een knipoog en liep weg.
Verbouwereerd staarde ik hem na. Ik kon gewoon niet geloven wat er de afgelopen paar minuten was gebeurd. Dagenlang

had ik naar deze avond uitgekeken en nu werd ik zomaar aan de kant geschoven voor een vriend van vroeger? Ik balde mijn handen tot vuisten. De beslissing was razendsnel genomen: ik moest weten met wie hij ging praten. In de verte zag ik hem in de richting van de bar bewegen. Met grote stappen liep ik zijn kant op, me niet storend aan de mensen die in mijn weg stonden.
Een grote pilaar op een paar meter afstand van de bar bood me een goede schuilplaats. Zo onopvallend mogelijk keek ik rond. Ik zag Damian vrijwel direct. Hij stond aan de bar te praten. Het duurde een paar seconden voordat mijn hersenen registreerden met wie... een meisje! Ik hapte naar adem. Was het toeval dat hij met haar stond te praten? Misschien wilde ze alleen weten hoe laat het was. Of had Damian tegen me gelogen over zijn zogenaamde vriend van vroeger? Een golf van gal kwam in mijn keel omhoog. Krampachtig slikte ik de bittere, zure smaak weg.
Kon ik haar gezicht maar zien. Maar ze stond met haar rug naar me toe. Lang, blond haar, een paars jurkje, laarzen met hoge hakken. De arrogantie droop van haar houding af. Plotseling draaide Damian zich om. Het meisje liep achter hem aan. Mijn slapen bonsden. Wat waren ze in hemelsnaam van plan? Mijn intuïtie zei me dat dit foute boel was. Heel erg foute boel zelfs. Ik aarzelde geen moment en volgde ze op een paar meter afstand. Ze liepen langs de dansvloer, richting de wc's, voorbij een andere zaal. Uiteindelijk trok Damian een deur open waarboven een verlicht groen bordje hing met NOODUITGANG. *Ze glipten samen naar binnen. Godzijdank bleef de deur op een kier staan, zodat ik ze kon begluren.*
Het was schokkend om te zien hoe dicht ze bij elkaar stonden en hoe makkelijk het meisje zich in Damians armen wiep. Ik beet zo hard op mijn onderlip dat ik bloed proefde. Eigenlijk

wilde ik dit niet zien. Ik wilde ze niet zien zoenen. Toch bleef ik kijken. Bij elke hartstochtelijke kus stortte mijn wereld verder in. Al die tijd dat ik Damian kende, was ik zo bang geweest om hem aan iemand anders te verliezen. En nu werd mijn grootste angst werkelijkheid.

'O, Sophia,' hoorde ik Damian gesmoord zeggen. Ze hief haar hoofd naar hem op en toen zag ik voor het eerst haar gezicht. Zwaar opgemaakt en dellerig. Sophia de slet. Ze was walgelijk. Afstotelijk. Er kwam een enorme woede in me op. Hoe durfde zij hem zo opdringerig te kussen en als een goedkope hoer om zijn nek te hangen? Ze moest met haar tengels van Damian afblijven, maar ze bleef hem maar verder opvrijen.

Toen zijn hand onder haar jurk verdween, ben ik weggelopen. Ik was bang dat ik anders moest overgeven. Bij elke stap groeide mijn woede. Ik kon aan niks anders denken dan aan Sophia's gezicht. Ik wilde haar haren uit haar hoofd trekken. Mijn nagels over haar wangen krassen. Haar tanden uit haar mond slaan. Sophia was een smerig kankergezwel dat tussen Damian en mij in groeide. Damian zou haar nooit hebben gezoend als ze zich niet zo aan hem had opgedrongen. Dat wist ik zeker. Mijn hoofd kookte over van haat tegen Sophia.

Pas na een kwartier begon ik de dingen weer wat helderder te zien. Zonder Sophia zou Damian weer van mij houden. Eigenlijk was hij net zo goed een slachtoffer van de situatie als ik. En opeens begreep ik hoe ik ons beiden kon redden. Het kankergezwel Sophia moest worden weggesneden. Vernietigd. Heel even kwam de gedachte in me op dat ik tegen Damian zou kunnen zeggen dat hij moest ophouden met haar. Of dat hij naar de hel kon lopen. Maar dat kon ik niet. Ik hou van hem. Ik wil hem niet kwijt. Damian vormt mijn verbinding met de normale wereld, ver weg van alle problemen thuis. Damian is mijn reddingsboei, zonder hem zou ik verdrinken.

Ik stuurde Damian een sms dat ik hoofdpijn had en naar huis ging. Maar in plaats daarvan liep ik naar het parkje. Ik moest nu iets met mijn woede doen en niet langer wachten. Morgen zou Damian weer van mij zijn. Ik verschool me in de schaduw van een boom en rookte een sigaret, terwijl ik me voorstelde hoe Sophia straks langs mijn schuilplaats zou lopen. En hoe ik haar dan bewusteloos zou slaan en daarna naar 't Twiske zou brengen. Zo zou ik het gaan doen. Impulsief, maar eenvoudig. En als Sophia's fiets niet in het parkje stond, dan zou ik het hele plan afblazen. Maar God vond blijkbaar ook dat Sophia gestraft moest worden, want na ruim een uur wachten verscheen ze voor me. Mijn vijand op een presenteerblaadje. De rest ging eigenlijk kinderlijk eenvoudig.
Ik kijk op mijn horloge. Halfzeven. Het is tijd om naar Sophia te gaan. Waarschijnlijk ligt mijn moeder al straalbezopen op de bank, zoals elke avond. Voor één keer ben ik er blij mee.

Zondagavond, 19.00 uur

De voetstappen houden plotseling stil op slechts een paar meter afstand. Ik weet dat hij er is, want ik kan zijn ademhaling horen. Maar ik kan hem niet zien. Damian verschuilt zich in het donker tussen de bomen, als een roofdier dat zijn prooi beloert. De tranen stromen over mijn wangen. 'Rot op,' wil ik schreeuwen. 'Ik ben niet bang.' Maar mijn stem is niet meer dan een zwak gepiep.
Dan zetten de voetstappen zich weer in beweging. Ik hoor ze langzaam naar me toe komen. Een schim stapt uit de bomenrand. Ik kan zijn gezicht niet zien, daarvoor is het te donker. De maan en sterren zitten nog steeds verscholen achter een dik wolkendek. Mijn spieren beginnen ongecontroleerd te trillen. Kon ik maar vluchten. Kon ik mezelf maar verstoppen. Maar ik kan niets anders doen dan toekijken hoe Damian steeds dichterbij komt. Nog vijf stappen. Een golf van misselijkheid trekt door me heen. Nog vier stappen. Mijn maag balt zich samen. Nog drie stappen. Ik wend mijn gezicht af en moet overgeven.
'Gadverdamme, Sophia, was dat echt nodig?' zegt ineens een meisjesstem.
Met een ruk schiet mijn hoofd omhoog. En ik zie voor

het eerst het gezicht van de schim. Een paar seconden lang weet ik niks te zeggen van pure opluchting. Voor me staat geen Damian, maar Cecile! Cecile uit mijn hockeyteam! Ik ga niet dood! Ik ben gered! Net terwijl ik alle hoop had opgegeven.

'Cecile, godzijdank,' stamel ik. 'Help me, o alsjeblieft, help me. Damian wil me vermoorden.'

Ze staart me roerloos aan.

'Maak me alsjeblieft los. Damian kan hier elk moment zijn.'

Cecile knippert met haar ogen. Begrijpt ze me niet? Heb ik haar soms bang gemaakt? Waarom is ze hier eigenlijk? Hoe heeft ze me gevonden? Ik duw alle vragen weg. Het doet er niet toe. Het enige wat ertoe doet, is dat ze me zo snel mogelijk losmaakt. De antwoorden komen later wel.

'Hoor eens, ik leg alles straks uit. Schiet op. O god, o god, o god, alsjeblieft, schiet op. Anders vermoordt hij jou ook.'

'Kop dicht,' sist ze opeens. 'Kop dicht, kop dicht. Ik word hartstikke gek van je gejammer, stomme trut.'

'S-s-stomme trut? H-h-hoe bedoel je?' Ik voel al het bloed uit mijn gezicht wegtrekken.

'Ik stel hier de vragen, begrepen?' snauwt ze.

'Maar Damian...'

'Jezus, hou toch eens op over Damian. Wat denk je? Dat hij je komt redden? Vergeet het maar. Hij is je allang vergeten.'

Angst knijpt mijn keel dicht en ik haal moeizaam adem.

'I-ik snap het niet.'

'Ik snap het niet, ik snap het niet,' praat Cecile me na. 'Doe niet zo naïef. Gisteravond wist je prima wat je

deed toen je Damian stond te zoenen. Denk maar niet dat je iets voor hem betekent, Sophia. Je bent geen partij voor hem. Damian is van mij.'
'Van jou?' Cecile? Damian? Ik probeer wanhopig om het te begrijpen. 'En M-m-merel dan?'
Ze lacht schamper. 'Merel? Merel is een blok aan Damians been. Hij heeft het uitgemaakt met haar, omdat hij van míj houdt. Maar dat domme wicht blijft hem maar lastigvallen.'
Cecile slaat haar armen over elkaar. 'Hoor eens Sophia, ik heb al een halfjaar wat met Damian. Al die tijd heeft hij gezegd dat hij het met Merel ging uitmaken. Nu het eindelijk zover is, kan ik jou er niet bij hebben. Hij hoort bij míj.'
Ik kijk naar Ceciles gezicht. Hol, bleek, verwrongen, vol haat. Ik kan me haar totaal niet meer voorstellen als het onopvallende, rustige meisje uit mijn hockeyteam. Ik herinner me plotseling weer dat Cecile het bij hockeytraining over een vriendje heeft gehad. Damian, snap ik nu. En blijkbaar heeft hij haar ook van alles beloofd en verteld dat het uit was met Merel. Wat een klootzak!
'Cecile,' zeg ik zachtjes. 'Ik heb nooit geweten dat Damian iets met jou had. Ik wist alleen van Merel. Ik ben net zo goed een slachtoffer van deze situatie als jij.'
Ze antwoordt niet.
'We staan allebei aan dezelfde kant,' praat ik snel door. 'Hij heeft ook tegen mij gezegd dat het uit is met Merel, maar dat is helemaal niet zo. Hij liegt. Tegen jou. Tegen mij. Daarom heb ik het gisteravond ook uitgemaakt met hem.'
'Leuk geprobeerd, maar ik geloof er niks van,' zegt Cecile koel. 'Ik heb jullie gisteravond zelf zien zoenen.

Kotsmisselijk werd ik ervan. Je kon duidelijk niet van hem afblijven.'

'Néé, je hebt niet alles gezien. We hebben eerst gezoend, dat is waar. Maar daarna kregen we ruzie en heb ik het uitgemaakt. Je moet me geloven, alsjeblieft.' Ik hoor de wanhopige, smekende klank in mijn stem. 'Misschien heeft Damian nog wel meer vriendinnen, van wie wij niks weten. Hij is echt niet te vertrouwen.'

'Hou je kop.' Cecile kijkt me woedend aan. 'Je liegt! Ik snap best dat Damian vanwege dat mooie poppenhoofdje van je in je praatjes is getrapt. Maar ik niet. Hoor je me: ik niet!'

Cecile geeft een trap in mijn zij. 'Het is zo oneerlijk. Jij kan iedere jongen krijgen die je wilt. En dan pak je uitgerekend mijn vriend af. Godverdomme, je maakt alles kapot. Alles wat ik heb.'

Ze trapt nog een keer, harder. Ik schreeuw van de pijn. Ik val opzij met mijn bovenlichaam. Plotseling knapt er iets achter mijn rug. Het touw is gebroken! Mijn handen zijn los!

'Schreeuw maar, niemand hoort je hier.' Cecile heeft blijkbaar niet in de gaten dat het touw is geknapt. Ze doet een paar stappen bij me vandaan en rommelt in haar tas, zonder me nog aan te kijken. 'We gaan een eind maken aan dit gezellige gesprekje.'

Mijn eerste gedachte is: opstaan en wegrennen, zo ver mogelijk. Ik kijk naar het donkere bos voor me. Ik moet eerst langs Cecile en dan zeker dertig meter over het gras. Mijn spieren zijn verzwakt. Cecile heeft me waarschijnlijk al ingehaald voordat ik goed en wel bij de bomen ben. Het enige wat ik kan doen, is wachten en een goed moment kiezen. Voorzichtig beweeg ik mijn

handen achter mijn rug. Mijn zenuwen schreeuwen het uit. Ik bijt heel hard op de binnenkant van mijn wang.
'Ah, daar is-ie,' mompelt Cecile. Ze heeft wat uit haar tas gehaald. Ik kan niet zien wat het is, daarvoor is het te klein en te donker. Met gebogen hoofd frunnikt Cecile aan het voorwerp. 'Shit, waarom krijg ik die kutkogel er niet in?'
Een pistool. Ze wil me dus echt vermoorden. Een vreemd soort rust komt over me heen. Ik ben niet bang meer. Ik denk aan de lange uren dat ik hier vastgebonden heb gezeten. Aan de kou. De angst. De wanhoop. Ik ga zo voorzichtig mogelijk op mijn hurken zitten. Cecile is nog steeds met het pistool aan het rommelen. Ik probeer de pijn in mijn stijve, koude spieren te negeren.
'Hèhè, eindelijk, hij doet het.' Ik hoor een klik.
Ik moet het nu doen. En het moet in één keer goed. Er komt een schreeuw uit mijn binnenste, een soort oerkreet, en ik spring naar Cecile, met mijn handen naar voren uitgestrekt.
In slow motion zie ik Ceciles hoofd naar mij toe draaien. Haar ogen en mond gaan wijd open. Ze schreeuwt iets, maar ik hoor niet wat. Dan beweegt ze haar pistool in mijn richting, richt recht op mijn borstkas. Ik ben bang dat ze schiet. Ik denk dat ik de knal al kan horen. En de kogel kan voelen. Maar ze schiet niet. Ik val met een doffe klap boven op Cecile en het pistool vliegt met een grote boog uit haar handen.

Zondagavond, 19.30 uur

Natte modder op mijn wangen. Het lichaam van Cecile onder me. Ze ademt, heel zwakjes. En er druppelt wat bloed uit een wond boven haar wenkbrauw. Waarschijnlijk is ze met haar hoofd ergens op gevallen. Plotseling kreunt ze en haar oogleden trillen. Verschrikt krabbel ik overeind. Ik moet hier weg, zo snel mogelijk! Maar niet zonder het pistool. Stel je voor dat ze bijkomt en me alsnog neerschiet. Ik buk en tuur naar de grond. Het pistool moet hier ergens liggen. Ik graai tussen de natte bladeren, schop takken opzij. Cecile kreunt opnieuw. Ik hou mijn adem in. Godzijdank wordt het weer stil en blijft ze roerloos liggen. Als een bezetene zoek ik verder. Waar is dat kleine, zwarte rotding? In de modder, achter een struik, in een regenplas? Dit is hopeloos. Vanuit mijn ooghoek zie ik dat Ceciles lichaam schokkerig beweegt. O, alsjeblieft, laat haar niet bijkomen, smeek ik in gedachten. Maar dan hoor ik haar mompelen: 'Sophia?'
Ik sta als verlamd toe te kijken hoe ze rechtop gaat zitten. Moet ik haar weer bewusteloos slaan? Moet ik me verstoppen? Ik weet het niet. Ik weet even niks meer.
'Sophia?' roept ze nu harder, terwijl ze verdwaasd met haar hoofd schudt.

Onwillekeurig spannen mijn spieren zich.
Cecile probeert overeind te komen en kreunt van de inspanning. 'Godverdomme, Sophia, waar ben je?'
Mijn voeten komen in beweging. En opeens weet ik wat ik moet doen: wegrennen! Ik zet het op een lopen.
'Kom terug, trut!' hoor ik haar nog schreeuwen. 'Denk maar niet dat je van me af bent. Ik vind je wel.'
Ik ren over het gras, tussen de bomen door, zo hard als ik kan. Het is overal pikdonker. Een tak striemt langs mijn gezicht en ik haal mijn handpalm open aan iets scherps. Ik mag van mezelf niet denken aan de pijn. Ik ren maar door, steeds een andere kant op. Cecile kent dit gebied. Ceciles spieren doen geen pijn. Cecile heeft misschien het pistool weer gevonden. Ik ga steeds sneller en sneller. Mijn ademhaling giert en piept.
En dan blijft mijn voet opeens ergens achter haken. Ik struikel en val met een smak op de grond. Ik voel een stekende pijn in mijn knie. En een ruwe, harde ondergrond onder mijn handen. Op slechts een paar meter afstand ontdek ik een witte ANWB-paddenstoel. AMSTERDAM 7 KM, lees ik. Ik hoef dit pad alleen maar te volgen om weer in de bewoonde wereld te komen. De tranen springen in mijn ogen, zo blij ben ik.
Ik sta op en gil het uit van de pijn. Mijn rechterknie voelt aan alsof iemand er met een vrachtwagen overheen is gereden. Ik probeer een stap te zetten en zak door mijn benen. Hijgend blijf ik liggen. Shit, shit, shit. Dit gaat niet lukken. Ver achter me hoor ik plotseling een schreeuw. Cecile! Komt ze eraan? Zou ze me al op het spoor zijn? Ik begin over mijn hele lichaam te trillen. Wat moet ik doen? Moet ik op één been naar Amster-

dam strompelen, terwijl Cecile vlak achter me zit? Een waardeloos idee. Dan kan ik net zo goed op het wandelpad gaan zitten en roepen: hier ben ik! Mijn enige optie is me verstoppen. En bidden dat ze me in het donker niet vindt.

Ik schuifel op handen en voeten naar de kant van het wandelpad en kruip de berm in. Achter een paar struiken vind ik een redelijke schuilplek. Ik ga zitten. De grond is koud en nat van de regen. Huiverend duik ik weg in de kraag van mijn jas en stop mijn handen in mijn zakken. Ik voel hem meteen: mijn mobieltje zit in mijn jaszak! Dat ik daar niet eerder aan heb gedacht! Ik begin te lachen en te huilen tegelijk.

Voorzichtig haal ik mijn telefoon uit mijn jaszak. Ik ben opeens doodsbang dat hij kapot is. Of dat ik hier geen bereik heb. Maar als ik de toetsenblokkering uitschakel, licht het schermpje felblauw op en zie ik in de linkerbovenhoek vier streepjes staan. Ik heb bereik! Ik kan bellen! Met trillende vingers toets ik het alarmnummer in.

'112 meldkamer,' zegt een kalme mannenstem. 'Zegt u het maar.'

'Help,' zeg ik schril. Ik schrik van het volume van mijn eigen stem en vervolg zachter: 'Help. Iemand wil me vermoorden. Met een pistool. O, alstublieft, doe iets.'

De stem wordt zakelijk. 'Hoe heet je?'

'Sophia.'

'Oké, Sophia. Ik ga je helpen. Maar dan moet je zo goed mogelijk mijn vragen beantwoorden. Begrijp je dat?'

'Ja.'

'Mooi zo. Hoe oud ben je?'

'Zestien.'

'Ben je gewond?'
'Nee, ja, ik bedoel, alleen aan mijn knie. Ik ben gevallen en kan niet meer lopen.'
'Hoeveel personen bedreigen je?'
'Eh, één. Met een pistool.'
'Ken je deze persoon?'
'Ja, het is Cecile, een meisje uit mijn hockeyteam.'
De man valt een moment stil. 'Cecile, uit je hockeyteam. Oké. Waar is Cecile op dit moment?' De toon van zijn stem is onveranderd zakelijk.
'Ik weet het niet. Ik ben weggerend en heb me verstopt.'
'Waar ben je? Kun je me een adres geven?'
'Nee, want ik zit ergens midden in een bos.'
'Een bos. Eens even denken... Kun je vanuit je schuilplek een opvallend punt zien? Bijvoorbeeld een toren of molen of iets dergelijks?'
'Ik zie alleen maar bomen. En het is hartstikke donker...' Paniek knijpt mijn keel dicht. 'Straks kunnen jullie me niet vinden... en ga ik alsnog dood... Ik wil niet dood, wil niet dood.'
'Sophia, kalmeer!' De man klinkt nu streng. 'Je gaat niet dood. Je moet alleen iets vinden waarmee wij je kunnen traceren. Denk na.'
'De paddenstoel!' roep ik opeens.
'Paddenstoel?'
'Ja, zo'n ANWB-ding. Het is vanaf hier zeven kilometer tot Amsterdam, stond erop.'
'Perfect, daar kan ik iets mee. Zou je me het nummer willen geven dat op de paddenstoel staat? Dan weet ik precies waar je zit.'
Ik ga wat hoger zitten en strek mijn nek, zodat ik over de struiken kan kijken. '438125,' ontcijfer ik.

Er klinkt een zacht piepje in mijn oor. Het teken dat mijn accu bijna op is!
'Mijn telefoon,' jammer ik. 'Mijn batterij is leeg. Ik val zo weg, o néé, o néé, o néé...!'
'Sophia, luister. We zijn binnen tien minuten bij je. Blijf zitten waar je nu bent. Anders kunnen we je niet vinden. Snap je dat?'
'Ja. Alstublieft, schiet op, ik wil hier niet alleen zijn, ik ben zo bang dat...'
Dan valt de verbinding weg.

Zondagavond, 19.45 uur

*Mijn hoofd doet pijn, vreselijk veel pijn zelfs. Boven mijn wenkbrauw klopt en steekt het. Ik wil me bewegen, maar het lukt niet. Het voelt alsof mijn armen en benen verlamd zijn. Alles is pikzwart om me heen. Dan hoor ik opeens een zacht geritsel. Voetstappen. Ze komen dichterbij, maken een rondje en verwijderen zich weer. Er loopt iemand rond! Deze persoon kijkt naar me. Ik voel het, ook al zijn mijn ogen dicht.
'Sophia?' hoor ik mezelf mompelen. Waarom zeg ik dit? Wie is Sophia? Ik probeer het me te herinneren. De pijn in mijn hoofd wordt erger en ik geef het op. De voetstappen komen weer in mijn buurt. Ik hoor nu ook een snelle, gejaagde ademhaling. Ik probeer mijn ogen open te doen. Een klein streepje grijs. Ik doe nog harder mijn best. Opeens schieten mijn ogen open! Ik kan weer wat zien. Bomen. Gras. Waar ben ik in godsnaam? Tegen de pikzwarte hemel ontdek ik het silhouet van een persoon. Ik schud verdwaasd mijn hoofd.
'Sophia?'
Terwijl ik haar naam opnieuw uitspreek, komen de herinneringen terug. Mijn geheugen vult zich in een razend tempo met beelden. De eerste kus met Damian. Onze stiekeme afspraakjes. Mijn verliefdheid. Zijn beloften. Het winterfeest in de Westergasfabriek. Sophia en Damian zoenend achter de nooduitgang. De pijn. En de enorme woede. Met alle kracht*

die ik nog heb, ga ik rechtop zitten. 'Godverdomme, Sophia, waar ben je?'
De donkere gedaante rent langs me en verdwijnt tussen de bomen. Het is Sophia! 'Kom terug, trut!' schreeuw ik. 'Denk maar niet dat je van me af bent. Ik vind je wel.' Geen antwoord. Het is zo stil dat ik mijn hart hoor kloppen in mijn oren. Ik wil opstaan, rennen, achter Sophia aan, maar het lukt niet. Mijn spieren weigeren. Uitgeput verberg ik mijn gezicht in mijn handen. Ik zit zo zeker vijf minuten, misschien zelfs langer. Het lijkt wel alsof alle woede uit me wegstroomt.
Opeens zie ik alles glashelder. Hier eindigt het. Sophia zal straks alles aan de politie vertellen. Ik mag waarschijnlijk een paar jaar een jeugdgevangenis in. En Damian zal me nooit meer willen zien. Het enige wat ik met heel mijn hart liefhad, heb ik voor altijd vernietigd. 'Nééééééé!' schreeuw ik. Nééééééé! hoor ik de echo van mijn stem door het doodstille bos galmen. Tranen rollen over mijn wangen en ik doe geen moeite om ze te drogen.
Wat heeft het nog voor zin om verder te leven? Ik kan geen enkele reden bedenken. Mijn leven is een diepe, uitzichtloze put geworden. En ik ben te moe om eruit te klimmen. Niemand zal lang treuren om mijn dood. Mijn moeder is misschien even verdrietig, maar ik weet zeker dat ze me snel zal vergeten. Daar zorgen de flessen drank wel voor. De wereld heeft mij niet nodig. Ergens is die gedachte een enorme opluchting. Ik kijk om me heen, in de hoop mijn pistool te vinden. Ik duw wat bladeren opzij, tast in de modder. En dan zie ik het liggen. Achter een tak, een paar meter verderop. Ik kruip naar het pistool toe en pak het op. Het metaal voelt glad en koel aan, bijna troostend. Ik zet de loop tegen mijn borst op de plek van mijn hart. Mijn hand trilt zo erg dat ik het pistool niet recht kan houden.
Ineens komt er een herinnering boven. Ik ben een jaar of

zeven en speel samen met mijn vader in de tuin. Hij tilt me op en zwaait me door de lucht. Steeds weer opnieuw. Ik schater het uit en ben dronken van geluk. Vanachter het keukenraam kijkt mijn moeder glimlachend toe.

Het lijkt zo lang geleden, als een oude foto waarvan de randen zijn vergeeld en omgekruld. Heel even komt de gedachte in me op hoe anders mijn leven had kunnen zijn als mijn vader nog had geleefd. Maar ik duw deze gedachte snel weg. Het heeft geen zin. Daarvoor is het te laat. 'Het spijt me,' mompel ik, en ik haal de trekker over.

Zondagavond, 20.15 uur

Het geluid van een schot klinkt oorverdovend. Een panisch moment lang denk ik dat Cecile me heeft gevonden. Mijn ademhaling stokt en mijn ogen schieten doodsbang heen en weer. Maar er komt niemand uit het donker tevoorschijn. En ik hoor ook niks meer. Wat is er in godsnaam gebeurd? Heeft Cecile op iemand geschoten? Is ze in de buurt? Ik trek mijn knieën op en maak me zo klein mogelijk. Het is ijzig koud. En mijn kleren zijn doorweekt. Ik begin te rillen en te klappertanden. Zou Cecile hier eerder zijn? Of de politie? Stel je voor dat de politie te laat komt… De tranen schieten in mijn ogen en druppen over mijn koude wangen.
Ik heb geen idee hoe lang ik zo heb gezeten, maar opeens klinken er voetstappen. Ze komen snel dichterbij en ik moet gillen.
'Sophia?' Een man roept mijn naam. 'Niet bang zijn. Ik ben van de politie. Waar zit je?'
Ik sluit mijn ogen en weet even niks te zeggen, zo opgelucht ben ik.
'Sophia?'
'H-h-hier ben ik,' stamel ik, amper verstaanbaar.
Maar het is voldoende. Binnen een paar seconden staat er een politieagent naast me.

Hij kijkt me bezorgd aan terwijl hij in een portofoon zegt: 'Ik heb haar gevonden. Ze zit in de berm. Er is geen traumahelikopter nodig. Wel een ambulance en assistentie. Graag opschieten. Over.'
'Begrepen. We komen eraan. Over,' hoor ik een krakerige stem antwoorden.
De agent stopt zijn portofoon weg en gaat op zijn hurken zitten. Hij legt een hand op mijn schouder. 'Rustig maar, meisje. Alles komt goed. Je hoeft niet bang meer te zijn.' Hij heeft vriendelijke, bruine ogen.
Ik kan hem alleen maar aanstaren en knikken.
'Mijn naam is Thomas Minkema. Ben je ergens gewond?' vraagt hij.
'Mijn knie,' zeg ik schor. 'Ik ben gevallen en kan niet meer lopen.'
'En verder?'
Ik schud mijn hoofd. 'Nee.'
Ineens moet ik weer aan het pistoolschot denken. 'Ze heeft geschoten. Ze komt eraan. We moeten hier weg.'
Hij zwijgt. De stilte maakt me doodsbang.
'Ze heeft geschoten,' herhaal ik in paniek.
'Dat weet ik.' Hij haalt diep adem. 'We hebben een halve kilometer verderop een meisje gevonden. Ze heeft zichzelf neergeschoten.'
Ik kijk hem aan en hoor de woorden die hij zegt, maar het dringt niet tot me door. 'Wat? Neergeschoten? Zichzelf?'
'Ja.'
'Is ze... is ze... is ze...?'
'Nee, ze is niet dood, maar wel heel ernstig gewond.'
'O.' Er gaat een heftige rilling door me heen. Ik hou mijn handen voor mijn gezicht. 'Cecile wilde mij... Ze heeft... Damian... Wat erg, wat erg...'

'Ssst, stil maar. Een verklaring komt later wel. We brengen jou eerst naar het ziekenhuis. En daarna mag je je ouders zien. Die arme mensen hebben zich zo'n zorgen gemaakt. Ze belden vanochtend vroeg al om je als vermist op te geven.'

Mijn ogen beginnen te branden en ik slik moeizaam.

'Echt waar?'

Hij denkt waarschijnlijk dat ik het over het ziekenhuis heb, want hij antwoordt: 'Ja, echt waar. Het spijt me, maar we moeten je goed laten onderzoeken.'

Opeens zie ik overal agenten vandaan komen. En het licht van zaklantaarns. De omgeving vult zich razendsnel met stemmen en mensen.

Mijn agent, Thomas, staat op. 'Waar is de ambulance?' roept hij. 'Ik heb hier medische hulp nodig. En snel.'

Twee mannen in blauw-gele uniformen komen met een brancard naar ons toe gelopen. De wielen van de brancard worden uitgeklapt en een van de ambulancebroeders vraagt: 'Hoe voel je je, Sophia?'

'Koud,' mompel ik. 'En mijn knie doet pijn.'

Er wordt een deken om me heen geslagen.

'Kun je zelf opstaan en op de brancard gaan liggen?' vraagt de andere broeder.

'Nee, dat lukt niet, denk ik.'

Ik word overeind geholpen en op de brancard getild.

'Waar brengen jullie me naartoe?' vraag ik, steunend op mijn ellebogen.

De wielen van de brancard worden ingeklapt. 'We gaan naar de Eerstehulp van het VU-ziekenhuis.'

Thomas' gezicht verschijnt vlak naast me. 'Doe maar rustig, Sophia. Je bent in goede handen. Wij zien elkaar morgen.'

De brancard komt deinend in beweging. De broeders tillen me uit de berm, het wandelpad op. In de verte flikkeren de blauwe zwaailichten van een ambulance. Ik laat me achteroverzakken en kijk naar de hemel. Ineens zie ik sterren. Ik adem in, heel rustig. Koude lucht stroomt in mijn longen. Ergens boven me hoor ik het geronk van een helikopter. Daar gaat Cecile naar het ziekenhuis, denk ik. Maar ik ben te moe om er lang bij stil te staan.
'Maak je geen zorgen, meisje, alles komt goed,' hoor ik een van de broeders zeggen.
Ik weet dat hij gelijk heeft en sluit mijn ogen.

Lees ook van Mel Wallis Vries:

Uitgespeeld

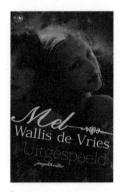

Anna verhuist met haar ouders van Nijmegen naar Amsterdam. Op haar nieuwe school raakt ze bevriend met Tessa, Wouter, Charlotte en Tessa's vriend Julian. Anna en Tessa krijgen een steeds hechtere band. Dan verdwijnt Tessa plotseling en Anna vertrouwt haar nieuwe vrienden niet meer. Haar gevoelens voor Tessa én Julian verwarren haar en zorgen voor aanvaringen met de anderen. Niemand weet meer wat hun vriendschap voorstelt. En welke rol speelt Anna zelf? Wie bedriegt wie? En wie weet meer over Tessa's verdwijning?

Wanneer Anna zelf angstaanjagende telefoontjes van een anonieme beller krijgt, is ze bang dat haar hetzelfde lot wacht als Tessa. Degene die Tessa liet verdwijnen is nog lang niet uitgespeeld...

Uitgespeeld is een verhaal over vriendschap en bedrog, over vertrouwen en leugens, over liefde en jezelf zijn. Lekker leesbaar en bloedstollend spannend tot de laatste bladzijde.

De pers over *Uitgespeeld*:

IJzingwekkend spannend tot de allerlaatste bladzijde.
– *Fancy*

Een thriller om lekker bij te griezelen. – *Kidsweek*

Een ware thriller die voor zowel jongens áls meisjes boeiend is. – *Brabants Dagblad*

In opzet en uitwerking profileert de auteur zich als de Nicci French van de jeugdliteratuur. – *Nederlandse Bibliotheek Dienst*

ISBN 978 90 443 3607 8

Verblind

Max, Nina, Edith, Merlijn, Sjoerd, Maaike en Alexander zijn Amsterdamse scholieren die in de eindexamenklas zitten. Roos zit twee klassen lager en is een populair meisje. Haar ouders zijn gescheiden en ze woont bij haar vader, die weinig tijd voor haar heeft. Wanneer ze verliefd wordt op Alexander, een van de jongens uit het eindexamengroepje, wordt ze liefdevol opgenomen door het vriendengroepje.

Als Roos op een dag het lichaam van de gewurgde Maaike vindt, is de groep lamgeslagen van verdriet. Maaike lijkt het slachtoffer van een criminele afrekening; haar vader, een bekende topadvocaat, was bezig met een grote zaak tegen de Amsterdamse onderwereld. Dan valt er nog een slachtoffer en slaat de twijfel bij Roos toe.

Wie heeft er nog meer belang bij de dood van Maaike? Langzaam vallen alle puzzelstukjes op hun plaats. Maar wil Roos de waarheid wel zien?

Verblind gaat over loyaliteit en manipulatie, over groepsdruk en je verantwoordelijkheid nemen, over schone schijn en ware liefde. Een verhaal dat je in zijn greep houdt tot de allerlaatste bladzijde.

De pers over *Verblind*:

Een vlot geschreven verhaal met alle benodigde ingrediënten voor een thriller. – *Vrouw.nl*

Een thriller om van te trillen en te shaken. – *Girlz*

Een zeer vlot en realistisch verhaal dat erg van deze tijd is. Spannend tot op de laatste bladzijde. – *De Telegraaf*

Als je eenmaal bent begonnen met lezen, kan je niet meer stoppen! […] een aanrader voor iedereen die van spannende boeken houdt! – *Kidsweek.nl*

Verblind is een ontzettend spannend boek en een echte pageturner. In een adem lees je het boek uit. – *Boekreviews.nl*

Mel Wallis de Vries is een rijzende ster in de wereld van de jeugdboeken. – *De Gelderlander*

ISBN 978 90 443 3606 1

Buiten zinnen

Karlijn zit in de eindexamenklas en is erg populair bij haar klasgenoten. Op een nacht heeft ze een angstaanjagend realistische droom over een man die in haar kamer is en haar aanraakt. Maar als ze wakker wordt, is ze alleen. Vanaf dat moment verandert haar leven totaal. Elke nacht komt de nachtmerrie enger en dreigender terug. Karlijn weet niet meer wat echt gebeurt en wat fantasie is. De nachten zijn een kwelling en ze is bang, moe en wanhopig. Karlijns wanhoop zorgt voor conflicten met haar vrienden. Is ze gek aan het worden, of is er iets anders aan de hand?

Buiten zinnen is een verhaal over vriendschap en verlies, obsessie en wanhoop, onverwerkt verdriet en de kracht om er bovenop te komen.

De pers over *Buiten zinnen:*

Buiten zinnen is heerlijk spannend en je leest hem in een ruk uit. De ontknoping is knap gevonden, de spanning wordt goed opgebouwd. – *Chicklit.nl*

Spannend verhaal over de onzekerheden van pubers en hun worsteling overeind te blijven in een omgeving die hard is en hen nauwelijks serieus neemt. – *Nederlandse Bibliotheekdienst*

Het is een spannend boek voor jongens én voor meisjes. Een leuk, vermakelijk boek dat zich kwalificeert als een echte page turner. – *Vrouw.nl*

ISBN 978 90 443 3608 5

Waanzin

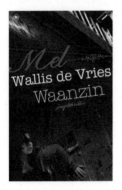

Vier meisjes verdwijnen kort na elkaar. Niemand weet waar ze zijn. De politie denkt dat de meisjes zijn weggelopen en besteedt weinig aandacht aan de vermissingen.
De 17-jarige Claire is met haar vader naar Rotterdam verhuisd. Ze haat de stad en mist haar oude vriendinnen vreselijk. Ze ligt behoorlijk met zichzelf (en de nieuwe vriendin van haar vader) overhoop. Maar dan opeens is haar leven in gevaar. Een geheimzinnige man heeft het op haar gemunt. Claire raakt in snel tempo verstrikt in een psychologisch kat-en-muisspelletje. Weet ze uit handen van de man te blijven? En is er een overeenkomst tussen de vier verdwenen meisjes en Claire?

Waanzin is een bloedstollend verhaal over een nieuw begin en vechten voor je leven.

De pers over *Waanzin*:

Schrijfster Mel Wallis de Vries laat je sidderen! [...] Pas op: niet lezen als je alleen thuis bent, het al donker is en je straks nog wil slapen! – *Hitkrant*

Wederom een knappe thriller met alle factoren erin die we gewend zijn van Wallis de Vries: spanning, vriendschap en de liefde. – *Boekreviews.nl*

De auteur schreef inmiddels vier spannende jeugdboeken en is ook hier goed op dreef... de twijfels en moeilijke keuzes van pubermeiden zijn goed uitgewerkt.
– *Nederlandse Bibliotheek Dienst*

ISBN 978 90 443 3609 2